千江有水千江月

张璋 著

中国当代名家

精品

必读散文

我们读着那些真挚的文字，

犹如行走在一条风光旖旎的小路上，

无法不感动，无法不泪意暗涌……

知识出版社

图书在版编目（CIP）数据

千江有水千江月/张璋著. —北京：知识出版社，
2016.3

（中国当代名家精品必读散文）
ISBN 978 - 7 - 5015 - 8992 - 0

Ⅰ.①千… Ⅱ.①张… Ⅲ.①散文集—中国—当代
Ⅳ.①I267

中国版本图书馆 CIP 数据核字（2016）第 040820 号

总 策 划 张海君 李 文
执行策划 马 强
责任编辑 梁嬿曦 马 跃
封面设计 君阅书装

知识出版社出版发行
地　　　址 北京市西城区阜成门北大街 17 号
邮政编码   100037
电　　话   010 - 88390732
网　　址   http://www.ecph.com.cn
印 刷 厂   河北锐文印刷有限公司
开　　本   1/16
印　　张   12
字　　数   180 千
印　　次   2016 年 3 月第 1 版   2018年11月第2次印刷

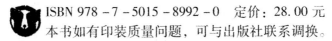

ISBN 978 - 7 - 5015 - 8992 - 0   定价：28.00 元

序一

我说张璋

郑建华

　　一切都有机缘，和张璋结缘其实是近两年的事，以前是不相熟的。她做了青岛市作家协会秘书长之后，我和她一下子亲密起来了，对她的了解日渐增多。她的率性、诚恳和脆弱，隐忍、好强和敏感，像画一样铺展在我的面前，让我一下子领略到她的丰富和多彩。大概因为都喜欢舞弄文字的缘故，我们之间是不怎么懂得迂回委婉的，直通通地说话，直通通地做事。她不怎么掩饰，我也不怎么掩饰，谈笑间，挺舒服。张璋的文和张璋的人一样，情致所至，坦然爽快。

　　张璋是个急性子，反应机敏，做事认真，追求完美几乎到了苛刻的地步。工作中偶尔有了丁点儿瑕疵就懊恼不已，追悔不止，弄得我需要常常劝慰她：别着急，这事怨不得你，你已经做得很尽力了。可是她还是很认真地埋怨自己原本可以这样原本可以那样……市作协主席团开会的时候，主席们开口就称赞她，她就会红着脸不好意思起来，摆着手，赶紧找个话题岔开。

　　说老实话，我一直认为张璋的文学才华被一些推不脱的事务性工作给阻碍着、占据着，她几乎在写这个材料或是写那个材料中将自己的文学激情一点一滴地消耗着，这是我不忍心看到的。我不否认张璋在写一些那样的文字中流露出的文学底蕴，我知道，相同的文字较量起来，张璋的文字后面有着更文学的水准，可是我固执地认为那不是真正的张璋。而眼下我看到的这组文字，让我领略着张璋令人舒畅鲜活的才华和洒脱。在我看来，这才应该是真正的张璋。

"人生一本书，尘世一江湖。"看到张璋这句慷慷慨慨的话，我忍不住笑了，完全是久闯江湖洞彻荡荡的口吻嘛。其实呢？在我眼前出现的竟是她孩子般的泪眼婆娑。张璋是爱流泪的，这是我最初没有想到的。女人的哭其实也是一种情致，你可以从她的泪花里看到她的内心。当一个女人毫不掩饰地在你面前流泪，说明了什么呢？说明了一种信任和透明。在我看来，张璋的内心是明朗透明的，张璋的江湖也是明朗透明的。明朗透明是人生的一种哲学，一个境界。不是什么人都可以明朗透明的。看到"江山有待，容我慢慢行来!"我又笑了，好一个花木兰似的女子啊！其实张璋有时候的小心翼翼，谨小慎微正好给这句话作了另一番注解。只是我又怀疑，张璋是"慢慢行来"还是"匆匆行来"呢？也许急性子的张璋是在自省自律也未可知？

"一直以为，心情，是有颜色的。"这句话感同身受。在我看来，张璋的心情大多时候是湖蓝色的。时常也有火苗色的律动。张璋是个极容易被感动的人，她具有诗人般的敏感和脆弱，跟她说话的时候真的需要呵护。"融入葵林，让魂灵化作她的一片叶，一瓣花，甚至一脉经络，迎日而生，逐日而舞、而歌、而狂、而哭……拼却了生命去绽放，去燃烧。"这是张璋的自我写照。说到底，张璋骨子里还是个文人，尽管做了许多年的行政官员。对文字的向往使她游离于文学之海和官员之岸，如今她真的沉浸在文学的海里了，那种宽慰和爽快的体验大概只有她自己知道。

"郭伯，您在那边还好吗？此刻，合着雨，我虔诚地为您祈祷!"张璋告诉我们，对一个好人的思念竟是这样打动人。同样我也会悄悄地说："郭伯，请接受一个读过这篇文章的人的致敬！我们素不相识，我们心心相印！"

期待着张璋更美更醉人的文字。我相信，只要给她时间，张璋就会把另一个完全不同的张璋奉献在我们面前。她有着很自我的经历和思考，这些经历和思考作为财富赋予着张璋的灵气和深邃。

我们期待。

作者为著名女作家、青岛市作家协会主席、山东省作家协会主席团委员

序二

净化灵魂的美文

董梦知

近几年，每到夏季，我都会回到家乡青岛探亲、避暑，窝在家里写点东西。每次除了旧故相聚外，总会结识一些新朋友。今年夏天又结识了青岛市文联组联部部长、青岛作家协会秘书长张璋。早就听说她的散文写得好，很想一读，不料几天后，她将一组散文新作交给我说，有个杂志要刊载，请我点评一下。拿到她的这组散文后，坐在车上我就忍不住翻阅起来。一到家别的不顾，继续读。还未读完，就有一种想写点什么的冲动了。

欲知其文，先知其人。《回望青春高地》，张璋以她人生旅途的几个片段为段落，以简练的语言，讲述了她插队农村——作坊工人——报社记者——高校深造直至报社总编辑，只用了几个白描的手法，点出了各个阶段的酸甜苦辣，让读者看到了一个年轻人是怎样从最底层起步，去改写她的人生道路的。而当时也罢，当下也罢，总有很多人处在逆境时，总是怨天尤人，抱怨生不逢时，从而放任自流。我想，他们如果看看这篇散文，定会有所启迪的。而当将来有所进取时，也定能和作者一样，回望青春高地，亦会看到"生命的篱墙上，往事如茑萝般生动地攀缘着，鲜亮着……"

张璋的作品多以抒情为主，写人叙事的散文相对较少，而这一组散文作品中却占了一半。阅后觉得她写人，人物鲜活，真切生动；写事，抓住本质，给人启示。上面谈到的那篇，就是作者的一篇自我写照。在《植篱依依》中，记述了一个退休老人——郭伯。作者通过一次次开窗所见，从这个特殊的视角——窗口，写活了这个人物。而更让人动情的是文章的结尾。老人没有等到又一个春天的到来，猝发心脏病走了。为此感到难过的就不仅是作者，还有读者了。

这篇作品写得如此动人，首先作者与老人的心是相通的，这也少不了她的知青情结。虽然他们没有交往过，但这并不重要。因为她探寻到了郭伯的心灵深处。郭伯不是英模，没有什么惊天动地的大事，在当今商品大潮的冲击下，许多人都是以取得回报为前提，才肯付出的。而郭伯只是因为热爱生活，热爱美，所以他甘愿付出，甘愿创造出美来送给所有的人和他自己。这看似平常琐事，但却不是所有人都能做到的。这正是作者深入开掘的结果，也正应了那句"作家就是要在平凡中去寻找不平凡的东西"之名言。

而《云中谁寄锦书来》，是作者抓住了当下的一些社会现象有感而发的一篇记事散文。在眼下这个E时代，手机短信、电子邮件等现代通信工具，逐渐取代了几千年来传统的以书信为主的通讯方式。这是科技的发展，时代的进步，它适应了现代快节奏生活的需要。方便、迅捷，应是无可厚非的。但随着书信通讯方式的改变，它所承载的人文传统和文化底蕴也将逐渐丧失，这不能不引起有识之士的忧虑。

书信在我国自春秋时代产生以来，随着社会的发展，早已在应用性功能上又生发出了新的文体——书信体散文。自古以来不乏这方面的大家和作品，如韩愈的《答李翊书》、白居易的《与元九书》、柳宗元的《与友人论文书》，直到郑板桥有16封家书传世，而现代有鲁迅的《两地书》、冰心的《寄小读者》、朱光潜的《给青年的十二封信》等，都是书信体散文名篇。正如作者所言："除文学价值外，书信还是集书法、美学、礼仪等多种文化元素于一纸的载体。它所维系的，不仅仅是人间的亲情因子，更是承载着中华民族生生不息的血缘元素！"是啊，它的这些文化功能，我想，即使有再先进的现代电子通信设备，也是无法替代的。

作者在此文开篇就写道："我与文字的亲近，是书写家信锻炼所致。"我想：她当时写信时为了交流感情，精神寄托，并没想到要当作家。但这却成了她迈向作家之路的起步。从不断地写信到不停地写稿，从与亲朋的书信往来到与文友的鸿雁传书，写信是工作，读信是学习。写信与读信使得她在写作的道路上迈上了一个个新的台阶。张璋称后来那些文友的书信，封封堪称美文。拆阅时，让她有"佳作展读"的感觉。我想应该如是。

由于对一篇文章的理解不同，她曾与忘年交文光老先生在信上展开争论，留下了"百札激辩"的一段佳话，可惊可叹。著名作家贾平凹给她的信，作为题签，印了她的散文集《山河岁月》封面上。她讲，那是很有书法价值的一封信了。我看，不仅如此，贾平凹的这一封与"百札激辩"的100封书信，都是颇有文物价值的。

是的，过去的书信成了古董，名人的书信必成为文物。让我们感到欣慰的是：虽然书信逐渐淡出生活，但是很多文人还在写信，正如作者所说，这是一种绕不过去的情结。

张璋的散文是很有特色的，这在许多的文友中也是众口一词的。这种特色不仅在于她文笔的奔放，叙事的生动，审美视角的独到，更在于她立意之高，挖掘之深，哲理性之强而震撼人心。

这也正是她的文学功力所在。

她对事物的感知具有一种女性特有的灵动，一石一水、一草一木都能勾起她的无限遐想，万种风情。然而她不是风花雪月，无病呻吟。而是有感而发，感之深深；言之有物，物之凿凿。像美酒，细细品尝，而后口留余香。

《伫望葵林》就是一片发酵过程很长而酿成的佳酿。让人阅后回味不断。文中从她自生命最初的向往和感动写起，直到走进葵林，不能从容移步，总似有一种可称为"场"的玄力，教人想咆哮，想啜泣，想藉地而眠……"这是多年来沉积在心中的情结被打开，震撼自己的源泉被发现。就像在人生的驿旅，繁华的尽头，找到了一片心灵的憩园，该是怎样的一种精神皈依呀！刹那间，她与自然融为一体，那一刻，物我谐和，宁静抱朴，生命与生命深层间的品质融会贯通，合二为一。"融入葵林，让魂灵化作她的一片叶、一瓣花，甚至一脉经络，迎日而生，逐日而舞、而歌、而狂、而哭……拼却了生命去绽放，去燃烧。读到这里，谁又能不为之震撼呢，应该说，她所写的葵是美学的，更是哲学的；是物质的，亦是精神的。这就是张璋散文的特色。

《江山有待》则把我们带入了她心灵的境界，同她一起去思考人生，审视生活。那份期盼，其实也是城市上班族所共有的。那就是："每一个被钢筋水泥的楼房禁锢的躯体，每一份被刻板机械的规矩压抑的情感，都有着思想放飞，脚步放纵的强烈欲念。"是的，渴望行走，渴望身心的放逐，当西藏的朋友大为诧异："上次没丢了性命，不甘心哪？"而她语出雷人："若不来，我更不甘心，会窒息而死的。"她的豪爽英气使人毫不怀疑她所说的："若在盛唐，我想，我定会是个流着胡人血液洒脱不羁的浪子……"

然而，她行走的意义不在于纵情山水，而是一方面清晰的观望世道，一方面真实的思考人生，让荒芜的心灵注入大自然新鲜的活力，让认知获得理性与感性的结合……看完本文后你会觉得这一点她做到了——"行进中的自己是一个延伸的自己……"

《万里心航》一文里的神妙乐曲《阿姐鼓》，是本篇之"核"，它改变了作者的整个生命状态。

一支曲子能有那么大的力量吗？看起来有点儿匪夷所思，但这要看谁了，细析，张璋是可以的。她曾不顾生命安危两次奔赴青藏高原，那片从未被污染的净土，是她心中的圣地。多少年后，当一阵奇异绝伦的仙乐飘来时，那远古轰鸣的天籁之声，那冰川消融的蹬音，唤起了她心底的神山圣水，必然令她震撼！必然令她像中了魔一样，站立在寒风中的广场上，"那光的漂浮，空气的流动，云在肩头的感受，潮水一般涌来，涌来。"于是，一颗疲惫的心净化了、升华了，随着乐曲缥缥缈缈飞向辽远的天际。

细想想，这与其说是乐曲的力量，倒不如说是作者的修养，阅历和对人生的思考，已到达了临界状态时，那支曲子起了导火索的作用，促使了精神的飞跃。

张璋散文每篇都是追求真、善、美的，每每阅读都会给人心灵的净化、升华。张璋的散文很有意境，很多都是诗的语言，但应注意的是如果有些句子写得太含蓄、太朦胧了，令人费解，就会干扰读者欣赏作家那行云流水般的思路，所以语言结构还是大众化些，散文化些为好。

衷心祝愿张璋在创作的道路上不断地取得新的收获。

作者为著名作家、北京市民间文艺家协会副主席、中国乡土艺术协会文学委员会副会长

十年方金

方金远走京城的时候，是个秋天。

那年秋天，他终于背起行囊，走了。

我知道，这样的姿势和行走他已经等待了多年。胶州对于方金来说，只是生命中一个漂泊的驿站。他的青春，在胶州这方土地上，飘忽了7年。这7年中，他的爱、他的痛、他的欢愉和愤怒都化作一行行文字，逸散在了胶州的河流、泥土和云朵之间……

许多年里，方金一直在文字的韵律中行走着。

文字中的优雅一直没有转换成生活中的姿态。那时候，他是一个没有身份的临时工。他忧郁地在一家新闻机构里持续着他的临时生活。这7年的生活，对于文学上的方金来说，是一个严重的停滞期。青春在继续，而写作却没有多大的进步。他从校园走出来以后，很长时间徘徊不前。那时，他还没有找到那片生命中的开阔地。

就是在这个时候，他选择了离开。但离开对于方金实在是一个漫长的过程。

1999年的春天，方金第一次踏上了寻求之旅，未果。

2000年，他又彷徨了一年。

然后，到了2001年。这一年，他考入了中央戏剧学院。中戏，成了他离开故土的第一站。

这一步，他走了7年。

然后，我们的联系就断断续续了。偶尔在报纸杂志上看到他的文字，知道他还在写作。偶尔有消息传来他的头发更长了，知道他依旧叛逆。偶尔接到他的电话，却已经站在胶州某条大街上，于是我们喝酒。

喝酒的地方一般都是能够通宵或者夜深方打烊的地方，这样才可以保证聊得痛快、喝得尽兴。

每次和方金他们几个喝酒，文学，是永远谈不完的话题。

每次聚罢，谈罢，饮罢，总是心情大畅！工作和生活上的压力一扫而光，人也轻松了许多。原来，文学真是可以陶情怡性的啊。于是，更加热爱文学，也更爱和方金他们几个交往。真希望这样的快乐每天都有。于是，每每喝酒，大家都不觉会喝得有些高，脸上酡红着的不知是酒，还是文情诗意。

这样的聚会，一年两次，年年如此。

有方金自远方来，不亦醉乎……

后来方金就毕业了。他没有回到胶州。他选择了留在北京，选择了影视这个充满动感，也带给他新的激情的职业。

在10年之后的这个冬天，方金从北京寄来了他新近的两首诗，一首《右手抒情的年代》，另一首是《坐在窗户外面的三个民工》。他说，这是他离开胶州之后仅有的两首诗作。在《右手抒情的年代》中，依稀流淌着方金早年的情怀，而《坐在窗户外面的三个民工》则证明方金依然保持着敏锐的体察生活的角度。这对于一个写作者至关重要。我也就知道，方金的心里依然还揣着文学。

其实，这10年来，方金的心灵和身体靠近了诗歌，而他的写作却一直是逃离诗歌的过程。10年来，他写过新闻，写过报告文学，写过小说，写过歌词，写过散文，写过随笔。他这么写，一是为了生存，另外是为了寻找适合自己的文体。但他好像一直没有找到。他在这些文体之间流浪。

2003 年，方金中戏毕业的时候，写了一本小册子，用了 36 种不同的写作形式描绘了这一届戏文系的 36 个同学。常规的形式就不说了，其他的形式有公文、短信、儿歌、试卷、评书、童话、评语、段子、解说语、画外音、表扬信……这一方面说明了方金对于文体和语言的熟稔程度，另外也多少说明了他的无奈。他在各种文体之间的自由进出，说明他还没有找到他确切的适合他的写作方式。

这种情况，在 2003 年年底的时候，发生了转机。用方金自己的话说，他在这一年的年底，突破了自己的写作瓶颈。在此之前的写作，方金称之为"右手抒情的写作"，这种写作的性质为从心到手，是一种十指连心的传递，多靠激情和灵感支撑；而此后的写作，方金称之为"自行车写作"，这种写作的性质表现为可以自由控制速度和力量，随心所欲，快慢自如。方金是这样阐述"自行车写作"的：这是一种物理书写和精神书写的有机结合，它来自心与脑，但却可以靠手和笔延续，它不再是激情写作，也不再是灵感写作，激情与灵感是自行车写作中的小憩，不再是写作流程的主体。在方金提出"自行车写作"概念的同时，他也找到了适合他自己的写作文体——剧本。剧本讲究形象思维，这一点是方金的长项。

"自行车写作"阶段开始以后，方金写了大量的剧本和散文。这些作品我大都看过，能够明显地看出叙述上的从容不迫，这种字里行间的舒缓成就了作品典雅的气度。

数字时代，方金也选择了网络这样一个写作的媒介。他很多平时的思考和随笔就是通过网络走向了大家。这是一个日新月异的时代，人们不用再怕自己的声音找不到回声。方金主要混迹于西祠、天涯等门户网站，他犀利的文风被广大网友所喜爱。而诗歌写作已经渐渐淡出他的生活，诗歌更多地成为了他生命的背景。所以方金跟我说这是他第一本也是最后一本诗集的时候，我丝毫没有惊讶，因为当诗歌成为呼吸的时候，文字就不再是唯一的形式。换一句话说，任何文字的终极境界，都是诗歌。

2004 年底的时候，方金又回到了胶州。于是，我们几个又相约饮酒踏歌。老朋友总会相逢在老地方。方金则依然善饮，依然充满思辨的机锋，依然在道路和文字上流浪。他不愿改变，也不会改变。

三百六十五天，三百六十五里路——

春花与秋风，高山与流水，夕阳与朝露……

新梦与幻想，往烟与旧雨，欢笑与痛哭，统统汇入杯中。干！

一举杯，一年就这样过去了。

一杯十年，一饮十年，一梦十年！

十年，一个时代。十年，从一个冬天到另一个冬天。

十年，方金从胶州到北京。来不及难过，来不及回首，来不及弹指一挥。只有写下的那一群沉默的汉字，兀自排列着我们生命的秩序。

窗 外

在我家窗外的空地上，有个小人工湖，湖水清澈见底。

湖面上荡漾着些水生植物，有静静的睡莲，有碧绿的水草，水下还游荡着一群鲜红的鱼儿；湖的形状从我家五楼窗口望去，像极了跌落在绿色绒布上的一滴水，扁扁的圆圆的，周边还被物业人员很仔细地用木质材料围了一圈齐整的篱帐，像镶了道银边；湖的西岸生长着一丛茂密的竹林，有风吹来时，那些高高瘦瘦的翠竹如群欢快的少女般，手挽着手，一会儿前倾着身子遮住了半个湖面，一会儿又摇摆着细腰任风把她们吹弯成弓；湖的周围平铺了一大片绿油油的草坪，上面零落着几棵银杏树，每当春天来临的时候，银杏树那好看的叶子就会丰丰盈盈地开满枝头，像朵朵扇形的小花，这时候篱帐上也会爬满密密实实的牵牛花，她们举着粉的、紫的、蓝的小喇叭，向着人们灿烂地微笑着。

清闲时候我喜欢捧杯热茶，伫立窗前，久久地凝视着这些景物，任思绪信马由缰……

记得小时候看过一本彩色连环画，讲的是一个穷老妪膝下有三个儿子，都到了该娶媳妇的年龄，突然一天老妪得了重症，无可医治，眼看就要撒手归西了，这时候有位仙人告诉三个儿子，在很遥远的地方有救母良方，但路途艰险。大哥率先寻药去了，他来到仙人指点的石屋前，见有一石马，按照仙人的要求，需先砸下自己的牙齿安装在石马嘴里，石马就会驮着他，过刀山火海取回良药，那仙人见大哥面露难色，又指给他另一条道路：这里有盒金子，你可以拿去到另一个城市生活，不用千辛万苦寻药，也不用回家面对母亲和兄弟，最后大哥选择了享乐和逃避。

没等回大哥，二哥又踏上了寻药之路，他和大哥一样贪生怕死，贪图享乐，最终也抱着金子逃之夭夭了。

三弟见两个哥哥久无音信，也告别了奄奄一息的母亲继续寻药。他勇敢地砸下自己的牙齿，安装在石马嘴里，石马真的活了起来，驮着他上刀山下火海过冰川经雨雪历尽千难万险，来到了一个山清水秀、鸟语花香的境地，这里有好多仙女在安静地绣花织布，其中有位最美的仙女告诉他，等到天亮时她的锦绣就会织好，带回家就能治他母亲的病。三弟耐心地等仙女织好了锦绣，又重复经历了来时的艰难困苦，回到家急忙展开让母亲观看，奇怪的是这块美丽的锦绣却怎么也展不到头，它无限延伸一直平铺到天边，画中的树木花鸟房屋水流都鲜活了起来，还走下了一位仙女，原来那位最美的仙女喜欢上了勇敢善良的三弟，偷偷把自己织进了画中，他们和母亲一起过上了幸福的生活……

这个故事颂扬的是纯真的情感，但深深印在我脑海里的却是那美丽如画的家园。孩提时，我常一个人痴痴地想，什么时候，我们也能生活在画一样的景致中？"细雨湿衣看不见，闲花落地听无声"。

不知不觉间，40年过去了，身边悄然地发生了神奇的变化。自家窗外的景色如诗如画，窗内的生活冬有暖风夏有冷气，比仙境更舒适。记得我们小时候大人们忙着搞运动、斗走资派，天生喜爱花花草草的女孩子就自己动手，去邻家大爷婶婶的菜园子里，挖些夹竹桃、野茉莉等草本花栽在墙角门边，自我欣赏。有一次我错把野艾当菊花栽了院子里一大片，正美美地做着秋日赏菊梦呢，却被祖母粗暴地除掉扔了。原来在我们老家野艾是该长在坟地的，最忌种在家里。

现在的孩子幸福啊，他们不用千辛万苦自己种花看，也不用忧虑着大人们的忧愁。公园里、道路旁、小区内到处都有应季的各色花草供欣赏，更有各种高档健身器具任他们享用。随着季节的转换，我窗外的景象，如行驶的列车窗口般不断变化着色彩，等那些粉的樱花白的玉兰高的芙蓉矮的月季，还有叫不上名的黄的红的淡的浅的花儿，依次燃烧完自己后，盛夏就来临了，浓密的树荫下那些高高低低的健身器材上，每天都会上打下挂着许多孩子，他们有的荡秋千，有的压跷跷板，有的玩旋转椅，有的则把自己倒挂在单杠上优哉游哉……每天中午孩子们那清脆欢快的笑闹声和着树梢上的蝉鸣，吵得人无法入睡，就连水底的鱼儿都不敢探出头来，这种聒噪一直会持续到老秋。

秋天来了，秋风吹败了睡莲，吹没了水草，吹落了一地金灿灿的"扇叶"。湖面上，草坪上，还有那弯曲的卵石径上，到处都律动跳跃着点点金黄，这时候清幽的湖水上，托着瓣瓣残荷，片片衰叶，凄美决然。

孩子们安静了，仿佛整个世界都安静了下来。蝉不鸣了，树不摇了，似乎风也静止了。

寂静了好久好久，忽然一天，窗外异常亮白，哦，下雪了！

纷纷扬扬的雪花从神秘的天幕上不断地飘洒下来，飘啊飘，洒啊洒，从白天一直持续到了晚上。透过橘红色的地灯，再看那蝶翼般飞舞的雪花，晶莹灵动，轻盈匀整，她们是天公派来的和平使者吧，见沟平沟，遇壑填壑，不管是高的建筑还是低的草木，均匀覆盖，全部罩严……清晨的窗外，万事万物像披上了一层厚厚的白绒毯，静穆圣洁刀砍斧凿般纯美，不由地耳边响起了那首校园歌曲："洁白的雪花飞满天，白雪覆盖着我校园，迈步走在这雪地上，脚印留了一串串……"这雪后的窗外多像一份人生画卷啊，它纯白整洁，公正坦荡地展现在我们面前。每个人都是画中的主角，该留下怎样的足迹，把握在于自己。

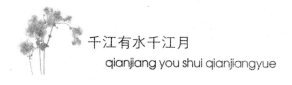
歌着的旅人

一

初识杜宝丽，是 2004 年。秋天。

那时我还在新闻中心工作。一天下午，办公室的门被轻轻叩响后，一位女性笑吟吟地走了进来。在确认我的身份后，简洁大方地自我介绍，她是实验中学的老师，姓杜，他们学校准备成立一个文学社，请我担任顾问。记得当时我们正在筹备出版《国庆特刊》，上上下下忙得不可开交，我好像寒暄了几句，未置可否，转身干别的去了。

两天后，案头上电话响了。接听，实验中学杜老师，征询文学顾问的事。其实在这之前，《胶州文学》、外企期刊也曾邀约什么名誉主编、顾问的，一概没应允。因此，电话里我真诚地对杜老师讲，我们单位好多个编辑文学造诣很深，请考虑聘他们……并点了几个名字。对方静静地听完，没说什么，将电话挂了。

以为这事顺利推掉。不料，不一会儿，杜老师抱着一大摞稿子上门来了："张总编，请看一下我们学生的作品，多棒哇！您真该鼓励、支持的。"说着铺陈办公桌上，这是谁谁写的，刚读高二，才华横溢；那是谁谁的，一女生，文思泉涌……她如数家珍，激动地介绍着，展示着，额头上汗水津津，两只眼睛亮亮的，似有火苗在跳跃。那股自豪，那般急切，那种坚韧……一下子，我被打动了！尤其得知她是骑自行车匆匆赶来，既感动又震撼。

一周后，实验中学《晨光》文学社宣告成立。会议开得很是隆重，校长、副校长全部出席。怀揣作家梦的文学社正副社长，《晨光》校刊正副主编一溜十几个高中生端坐主席台上，唯不见杜宝丽老师。而此时的她，更是里外地忙碌着，陪同记者、维护秩序、联系印务……记得过后在一个饭局上，我对时任校长吕伟清深有感触地说，拥有杜宝丽这样如此执着、敬业、勤勉的员工，真是领导的造化！吕校长点头称道。

2006 年 12 月底，我调入青岛工作。

按说，人走茶凉。况且本也没有什么业务上的关系。

然而，《晨光》一直没有删除我这顾问的虚名。至今。

这在世态炎凉的当下，很是让我心头感到热络。

二

大约 2008 年夏季吧，先我几年到青岛的诗人李进惊喜地告我一讯息，青岛新闻网的几大板块上，活跃着一位胶州作家，才思敏捷，笔锋犀利，深得众网友拥戴。网名"山菊"。那时，我对 MSN 不甚太懂，便让人下载了山菊文章来看。果然，好生了得！

我俩便商量，一定找机会回胶州趟，与之一见。

终于，有天在 QQ 群里李进与山菊及几位文友约好，周末在桃园大酒店聚会。李进还特地跟我讲早些时到。结果那天走出家门不远遇一旧同事，就在路边聊了起来。去迟了。我大厅一露面，李进拽着就走："人家早来了，你急死我了。"待我随她急急走到 321 房间，推门一看，你道看见了谁？

杜宝丽。山菊，即杜宝丽老师！

天哪，这真令我吃惊不小。印象中，杜宝丽一直是一勤恳奉献的中学老师，怎么也不可能与网坛上叱咤风云的"山菊"画上等号……

松柴煮茗。文学下酒。那一餐饭吃得，真是不亦乐乎！

隔日回单位，又仔仔细细认真地读了杜宝丽变换着"心灵憩园"、"植篱依依"、"听海"各种网名发表的一应散文、诗歌、杂谈，不由心生万端敬意。感慨的同时，也明晓了当年她缘何那般为文学社、为校刊、为文学新苗去奔波，争取，呼号……原来，她所付出的汗水、智慧和心血，源于她自己内心深处对文学的一份痴迷与挚爱呀。

阅读杜宝丽的作品，就像流火七月的静水深流，清澈地淌过读者的心扉，却很难见底。当我们展开她的这些文字时，就会发现，每一行，每一段都深深镌刻着她的情感，倾诉着她的思索。娓娓道来的一段一段，如音乐中的每一个节拍，聚集成一首恢宏大气的交响诗，厚重地呈现在我们面前。

杜宝丽，原籍五莲。生在大山长在大山，对家乡、对大山的挚爱深深融入了她的血液。雪夜里，她独守一片明净的窗几，用心灵眺望家乡的四季；迁新居，她和那位砸石子的农夫同喜同悲，用爱心倾听情感的升华。而她的《山之恋》，又极尽委婉细腻，饱蘸浓墨重彩，酣畅淋漓地写出了自己心中的山月，山行，山居……读来，令人荡气回肠。

在这个层面上阅读杜宝丽，她的写作纯粹，优雅，从容地展现自己的灵动和机敏，有一种岁月深处的静美。她喜欢用一种心灵叙事的方式，缓缓地打开自己的记忆，让那些甜蜜的忧伤的往事像图片一样一帧帧映照。她的文字飘逸，清丽，具有较强的亲和力和穿透力，极易让人产生共鸣，跟着她哭跟着她笑，跟着她行走跟着她轻吟低唱。她的语言轻盈，舒缓，洁净，仿佛行云流水，所有的波澜都潜藏在内里。她对生活，对生命的细腻感悟，看上去那么漫不经心，让人感觉不到一丝的刻意雕琢。

每一个人内心深处都有一方净土，那里储存着向往美好的精神期盼。这份期盼来自对心灵原色的坚守或者某一瞬间的触动。因为热爱，因为期待，也因为超出现实生活以外的自由和浪漫，使得这份期盼具有了不染尘埃的圣洁和美丽。杜宝丽的文字里经常会出现巍峨的大山和大山一样的主人公，这是她用感恩和期盼组合出的美好意绪。我想，《山之恋》中的山，该是作为生她养她的小山村背景的五莲山吧！而那个具有山一样挺拔，伟岸，血液里流淌着诗情和哲思的大山哥，则是父亲，是大哥，是异性朋友的叠印。心里矗立着一座山，山里头住着大山哥，这样的生活充实而斑斓。

三

许是文学的力量，抑或是心灵的守望，"桃园"相会，一干文友再也没有间断过联系，时常地聚聚，聊聊，碰撞一下。

当然，也不仅仅局限于老地方。但话题却总是永恒不变的，那就是阅读，文字，创作。接触久了，杜宝丽身上显现出越来越多的优秀品质。我们这个小圈子里，杜宝丽年纪不是最大也不是最小的，但她一直都是最有热心和爱心的。户外行走，她的背包永远装满了水果、饮品、湿纸巾不说，还总是跑前跑后为大家拍照、携物；餐馆聚会，一直为大家挂衣服、拖座椅、续茶斟水的那个人总是她；即便不约在一起玩，她亦总是频发短信告知大家当当网添了什么新书，明天降温要加衣，下周逢什么节要记得看望父母，月末上映什么大片别错过……

当然，让我们感动又感叹的远不止这些。学校一男生写得一手好文章，杜宝丽炫耀的岛城文学圈儿人尽皆知，作家黙雷两次驱车前来会晤；新调入同事李林芳文学创作颇丰，杜宝丽几次三番向市作家协会推介；打开实验中学的网站我粗略浏览了一下，各类信息、动态、文字材料，杜宝丽一个人就写了四百余篇。

　　杜宝丽外表沉静，内心狂野。骨子里，她对山林、大野、河流、炊烟充满了深深的敬畏与眷恋。在繁杂的城市住不多久，她便会回到故乡待一段时间。

　　就像一个在大地上行走的歌者或旅人，她一边行吟，一边找寻，找寻精神的故乡，找寻灵魂的根基……

蝶之恋

树叶在春天的时候，只是嫩嫩的小绿芽，随着日子一天一天地过去，慢慢绽放成花的形状。然后，随着日子又一天天过去，有的叶子随风飘逝了，有的静静地落在了山涧……

此时，有一片叶子就站立于一条长藤之上，长藤的弧形巧妙地托住了她，并映衬出叶子的孤美。

蝴蝶是在一天的傍晚停在这片叶子上的。这只蝴蝶很漂亮，五彩斑斓又说不出究竟有些什么颜色。它在叶子的身上站久了，叶子觉得肩头有点儿沉，就对蝴蝶说："蝴蝶啊，你怎么总待这里，不去找花儿采蜜呢？"

蝴蝶低头注视着叶子，说："我正在看着你呐，你的形状好特别啊，有叶的简单，又有花的妩媚呢。"

叶子突然害羞起来，还从来没有谁用这种眼光看过自己呢。她轻声问道："那你把我是当花看，还是当叶子看啊？"

蝴蝶笑笑说："我是既当花又当叶看，又可以说既不当花也不当叶啊！"说着，就飞了起来，在叶子身边画了几条弧线，慢慢远去。

叶子突然有了点感觉，看着蝴蝶翩翩的舞姿，渐渐陷入遐思中。

蝴蝶一直就想飞出这片山涧的，离开叶子后，它沿着一条小溪向山外飞去，偶尔会落在哪丛花间嬉闹一阵，或是停在溪边小憩一会儿。可是不管是飞还是嬉戏，脑子里总是不断闪现出那片叶子的身影。

它飞到了小溪口，眼前一片开阔地。天空顿时高远起来，天蓝蓝的，是那样的无边无际。蝴蝶一展翅就能扑向那片向往已久的旷野了。

可就在这时，蝴蝶却收拢起翅膀停了下来。它发出轻微的喘息，听到自己的叹息声，同时也听到了另一个声音从身后传来，那是叶子的声音："蝴蝶儿啊，你在哪里呢⋯⋯"

叶子在蝴蝶飞走以后，发现自己变得容易伤感了，一阵风来，或是一阵雨落，都能引起它内心的涟漪。这期间，有过一只蚂蚱爬上来，把她的左瓣叶咬残缺了，一只瓢虫落下来，又在她心的部位咬了一个洞。被咬的时候它并没有感觉有多痛，只是当一阵风刮过，叶子随着风的方向往山口望去，望着望着，才有了心痛的感觉，她流泪了。

蝴蝶一路往回飞时，正是深秋。路旁的一丛山菊花请它留下，它没停；溪边的一丛不知名的小花要它留下，它也没有停，它的翅膀已经撕裂了一个小口儿。它急急地飞到了叶子身旁，看到叶子浑身是伤，已经不像从前的叶子了，它扑上去问，叶儿啊，你怎么变成了这样子啊，说着眼泪就涌了出来。

叶子说："你回来了呀，你看，我的心都没有了。"

蝴蝶望着叶子上那个被虫儿咬的小洞，心中一阵绞痛，脸上却强笑着说："不对呀，心不是没了，是正好空着呢，正好把我装进去呀。"

叶子笑了，秋霜染红了她的脸颊，使得她更多了一些娇羞："蝶儿啊，你说我现在是叶还是花呀？"

蝴蝶拍拍叶子的脸说："你呀，你就是你，不要去和花儿比嘛。你的沉静花儿哪比得了！你的坚韧花儿哪里比得了嘛。别胡思乱想了，我再到小溪边汲点水去。"

叶子内心感动着，摸摸蝴蝶那只撕裂的翅膀，强忍着没有哭出声音。

蝴蝶又展开疲惫的翅膀向溪边飞去。它飞得有点儿沉重，闪翅之间，有细微的蝶粉飘落下来，阳光一照，就有五彩的光点纷飞起来，炫目的色彩让叶子内心充满温馨的感觉。可是，深秋小溪的水渐渐少了，蝴蝶也渐飞渐远……

突然，刮起了大风，紧接着下起雨来。叶子感到身子在剧烈地抖动，好像要沉坠的感觉，有种不祥的预感袭来。她开始向小溪那边张望，只见周围浑浑暗暗，只有风声，雨声……叶子觉得自己就要从那老藤上掉下来了，她急切地呼唤着她的蝶儿，心里充满了悲哀。

躺久了，叶子想，如果自己能像蝴蝶一样飞起来该多好啊，那样就能追赶蝴蝶了，否则，若被风吹到了哪里，蝴蝶回来就找不到自己了。想到这里，她流泪了，眼泪随风飘飞，她觉得身子也飘了起来……就在那一刹，叶子对着溪口大叫一声："蝶儿，等我！"声音震荡了整个山谷，同时，她拼出了全身的力气向空中一跃，它想让自己融入风中，去追赶心中的蝶儿。

风停了，雨停了。山林静了。蝶儿飞回来了，跌跌撞撞，它的翅膀又多了几道伤口。终于，它看到了老藤，可是却没看到它的叶子，老藤像个大问号横在它的面前，又像鞭子一样，在抽打它的心脏，它声嘶力竭叫道："叶——子——"

叶子此时正静静地躺在它的脚边，有一片更大的黄叶子正好覆盖了她，她动不了，想叫也叫不出声，她是在最后那奋力一跃时用尽了生命的全力。她的眼中，还噙着一大颗泪，听到蝴蝶的哭叫，那滴泪终于滑落了下来。

突然，她感到她的蝴蝶也躺了下来，就躺在了她身上的那片大叶子上。她笑了，笑得很凄美，慢慢地，她闭上了眼睛。

蝴蝶在躺下的时候，似乎也感觉到了什么，但是它已经没有任何力气了……

秋　逝

漫山遍野的落叶，在风中旋转飞舞。前几天还是满山的青翠葱茏，一夜之间，被寒露的冷风吹黄了，吹枯了。

枝头还留有半叶残绿的，在它生命行将归去时，依然倾心怒放着。萧瑟中，好似在向人们诉说着它不久前的美丽；早已彻底枯黄了的叶子，带着酝酿已久的梦想，决然地在空中划出一串串绝美的弧线。

秋叶，铺满了厚重的青石板山道。青石板承载着千年的沧桑，黄叶浓缩了季节的精华，岁月的脚步渐行渐远。橙黄与幽青的组合，让曾经的记忆晾晒在时光的房梁上。

季节的风铃是沉闷的。然而，只要你的心河留存一份凝重的情愫，留存一份"我言秋日胜春朝"的情怀，在这黄叶飘舞中，你就能从秋的凝重里，体味出一种眷恋；你就能从季节的风铃声中，体味出一种向往。期望的光照，总会守望在岁月的窗棂上，守望着再生的轮回。

看着路上纷纷飘逝的落叶，多么希望，你能撑一把碎花的雨伞，缓缓地循着这条青石山道向我走来。春在你的裙裾上舞蹈，夏在你的衣袂上跳跃，冬在你的眼波中婉转……也许，只有这橙黄的秋叶，会如一只轻盈的蝴蝶，不经意地在你的肩头做片刻停留，再徐徐地沉到杂草之中。丁香一样的你，也许会有一声锚铢般的叹息，也许会与我一样，在嘴角上挂一缕浅浅的笑意。

秋叶铺就的山道，时隐时现，时断时续，蜿蜒没有尽头。只要有勇气走，脚下就是路。即是将黎明等成了黄昏，将青丝等成了白发，将希望等成了回忆，这条橙黄的山道，也一样会缀满秋色的绵亘。秋天的云朵，如银子一般灿烂，在天庭里翩跹。轻轻地坐在松软的山坡上，细数心河的浪花，享受着空气中的香甜。虽然没有花儿绽放，也无须小草编织浪漫，这满山的秋色，就能使你眼中纯净，就能让你心中释然。

漫步在田野，一席草地，一枚黄叶，一隅天空，组成了一个完全属于你自己的世界。在这个世界里，没有都市的喧嚣，没有现实的烦琐，没有世俗的铜臭。只有恬然、静谧、闲适与那深深留存于心的眷恋。秋风放纵地将一塘秋水吹皱，那荡漾开去的涟漪，尽是一圈圈的安然。

满山的秋叶，就那样零乱地散落在这山道上。它无声地告诉人们：花开花落，叶枯叶荣，不管是什么形态的生命，都是一个涅槃的过程。只要以淡然之心，时时熔铸出属于自己的美丽，还在乎什么花凋叶落。

凉　薄

无情的秋风将夏天的浓绿变成了衰败的枯黄。落叶在萧瑟的秋风中飘舞，望着漫天纷飞的黄叶，听着风吹叶片发出的沙沙响声，心灵不禁为之寒战。

年幼时不懂秋的悲凉，只是落叶时节害怕一个人的孤单，时常因畏惧寒冷而倦于家中。总是盼着冬天快点过去，期待迎春花开的季节早日来临，随着年龄的增长才真正地体会到日月轮回，人生寂寥。

当繁华落尽，一切犹如过眼烟云。尘世间的一切纷扰终将如落叶一样在一季繁盛之后走向凋零。大千世界人生如此，广袤宇宙万物如斯，这是世间万物亘古不变的定律。

日子由清晨滑向黄昏，小草由新绿走向荒芜，这其中无不演绎着丰富的人生哲理。日出日落，花开花谢，一切都在落幕之后趋于平淡，每一件事物都是自然界里一个匆匆的过客。

秋风轻拂，落叶忘我地旋转着，旋转着，仿佛要将最后的沧桑永留尘世，在短暂而凄美的漫舞后携着秋韵翩然飘落在泥土中，那是叶子一生中最辉煌最悲壮的时刻。一段生命从此画上终止符，唯留一缕幽香红尘中。

秋风中的叶之悲如人之哀，自然有一种惆怅跃然心间，深秋的凄凉如人生的寂寥，风华落尽一切皆空。

叹飘零一地的黄叶于阶前，轻轻地拾起一片捧于掌心，静心审视它那纵横交错的经脉，每一条细小的脉络都似蕴含着一段忧伤，每一片叶中都似隐藏着一种情愫。

静夜思

仰望星空，幽远深邃，浩瀚神秘……

好久不曾这样看星星了，心中竟然澎湃起莫名的感动。不由得想起曹孟德的《观沧海》，原本应该是"星汉灿烂"的星空，如今却是寂寥冷清。

伫立在星空下，宁静悄无声息地弥漫开来，天地之间只有一个渺小的自己。一切都已远去，唯有这种美丽的震撼，穿越时空穿越历史，让人热泪盈眶。

——儿时繁星漫天的璀璨，成了永久的记忆。

夜空幽静，月光如水。

睡梦中，常常想起孩提时的夏夜，睡在外婆家竹床上看星空的情景。碧绿的田野在夜空下呈现出灰白色，远处的山峦深沉如黛，除了狗吠蝉鸣，一切寂静无声。广袤的星空，就像一块晶莹温润的玉，将那深邃的蓝缓缓渗透进懵懂的心里。那片蓝是那么的真实，那星光是那么的明了，仿佛能洞察所有的秘密。

那时，我脑海中充满了无穷无尽的美好遐想。如今，无忧无虑的日子已经远去。许多事，才下眉头，却上心头。许多人，错过又相见。许多情感，割舍又牵绊……

康德言，世上只有两样东西能引起人们内心深深的震撼：一个是头上的星空，另一个是内心的星空。如果我们把"内心的星空"转喻为人生的理想，也许每个人都会存有这样的期冀：让自己心中的理想之星飞向太空，成为灿烂星空中最夺目的一颗。然而，如何飞越这遥远又遥远的距离？

枕边有两本许久不翻的《昆虫记》和《小王子》，这是曾经让我感动得一塌糊涂的两本书。而今，这样的感动却不曾有了。

现实琐碎的生活，已经让人失去了深邃思索的空间。整日懵懵懂懂，形同蜉蝣。每天睁开眼，就被各种各样琐事纠缠不休。快餐式的生活像疯狗一样，追得人连打盹的空隙都没有，或在熙熙攘攘的人潮中疲惫穿梭，或在鼎沸喧闹的酒桌上买醉卖笑……一天又一天，我们离逼仄越来越近，离宽厚越来越远；离粗陋越来越近，离信仰越来越远；离苍白越来越近，离精彩越来越远；离漠然越来越近，离温暖越来越远……

只有这片星空，无论世事如何变幻，一如既往的闪烁着，向每一个仰望它的人敞开胸怀，照亮他们的内心，安抚他们的脆弱和不安。黑格尔曾经说过："一个民族有一些关注天空的人，他们才有希望；一个民族只是关心脚下的事情，那是没有未来的。"牛顿、爱因斯坦、达尔文、老子、庄子，这都是一些仰望星空的哲人。他们，面对广袤宇宙的深度思索，超越现实，消除庸常，达到不可企及的高度。

我们都是星空下的孩子。

我们仰望星空，任凭那灿烂的光辉，从浩渺的宇宙播撒，清除阴霾；我们仰望星空，听凭那神秘的力量，从遥远的地方传来，穿透心灵。

只是无奈，人愈成熟，愈孤独。即便有了仰望星空的激情，却没有能陪伴我们的灵魂。

低　诉

夜，静谧。风，轻轻。

风轻轻在树梢倾听，似乎听到了我的心跳。

多少个昼夜了，我不停地自问，不知一颗心在为谁跳，也不知为何，我变得那样的不安，那样的易于怀想……

自从在茫茫网海中与你相识，你的名字就刻在了我的脑海。

你是春天柔和的风，轻轻地吹进了我的心中，把我的心吹动。在我温柔的梦乡里，你是一泓清冽的山泉，在我起伏的山岗上淙淙淌过。

我恨自己，居然无法让你作分秒的停留。

但愿你的明眸，能洞穿我屏蔽的思绪。

但愿你的聪睿，能解读我深藏的相思，并接纳我如莲般盛开的心事……

按理说，人到中年，应该多一份理性，少一份冲动。不是不明白这个道理，但现实与理论间的冲突总是我的心隐隐作痛。在严峻的生存与发展的重压下，多渴望能有一处放松心情、缓解压力的空间，多渴望能释放热情，被人关心、理解呀。

近些天来，每当独处的时候，听着窗外微风的沙沙声，心中不由生出一丝无奈与苦涩，更夹杂着莫名的期待与渴望，那就是想尽快与你网络相遇，哪怕只是听听你的声音，也能使我安静下来。其实我一直不敢面对自己的心情，一直在逃避这种感觉，可是无论用什么方法，也驱逐不掉这份折磨，这份煎熬，真正饱受了"有一种思念叫心痛"的滋味。

穿过茫茫网海，跨过千山万水，当我们如约相遇时，一句寻常的问候，也能让我兴奋的眼里荡起激动的泪花。但不知今生今世，你我是否真的能够相见，就算是偶有相遇，也不知有没有谈话的空间……

你说过，很想我们能够在海滩一边散步一边聊天，可偌大天地间无一处属于你我的心灵栖园。想着网络那端的你，想着网上许多相识和正在相识的人们，我忽然觉得，应该用心呵护这份得来不易的友谊，应该用心珍惜这份诚挚的情感，更应该以感恩的心面对生活中的一切。

不为别的，只为了前世一万次回眸，才换取的这次相遇、相知。

沉静如水的心事

很多时候人们都在为秋天感逝伤怀。或许秋天真是个适合写诗的季节，它不像严冬那样不解风情。

在秋天写诗的时候，更适合去怀想一个人。

早晨或傍晚，你在诗句里细数着他的脚步，然而他既不是你的今生，也不是你的来世。

他只是默默地跟在你的身后，一转头的时候，他已踏上一首唐朝一样遥远的绝句。

又或许不像我说的那样，秋天是一首没写完的律诗。诗的前阕描画了一个蛾眉如月的女子，她一直在等待一个未曾谋面的官人。终于，她收到一封信的同时也看到了他远去的背影。

因此，长长的思念终于在一个盼望已久的瞬间戛然收尾，就像秋晚的月亮，总是在完满与消瘦之间轮回。

在这个秋水渐寒的傍晚，我忽然很想画一幅画。那画卷很长，许多人在画上匆忙的行走，或许那些人中间有个女子，走了一半路程的时候觉得累了，就找个秋花掩映的酒肆坐下来，看看风尘仆仆的衣裙，她忽然想起了来路上遇见的人，他们的影子时近时远、似浓似淡，然而不管怎样，他们都像远去的秋水那样波声渐远。或许那个故事发生在黄昏，酒肆外马声初断，落日西沉，酒肆里烛影如花，美人如画。月亮渐渐落下去的时候，晚归的人推开门，却发现那个女子早已不在，从此，那幅人影交错的图画里便永远缺失了一个等待春天的人。

如果像我所说的那样，有关这个秋天的题目应该是暗淡的。在这刚刚走了一半的秋天，它就像不小心遗落在断桥边上的一个足印，一旦踏上去，就为所有的春花秋月找到了最后的注脚。遗落在桥上的故事，也一定像那些远去的情感一样又轻又沉。

或许这个秋天并不像我上面所说的那样，它本是一只蝴蝶，从庄生的迷梦中悄悄飞出，飞来飞去却不知何处停落。或许走入梦里并不是一只蝴蝶的初衷，然而找到一朵梦外的花却是它永远的归宿。

这样的话，这个秋天的题目应该和那朵花有关，我想它应该是存在的，被放在一本没看过的书里，并且散发着浓浓的暗香。或许那本书是空白的，除了那个题目，上面不着淡淡的一笔，因此，在那个美丽的题目下面，需要填写更多美丽的东西。

写这篇文章的时候，我想我不会局限于一朵花的心事，我会想起遥远的中唐，疏放的宽袖长裙终于代替了紧身宫衣，或许在这个秋天，我会让自己穿着那件宽松的衣服，找一只温驯的水鸟，骑上它，在一枚素白的月亮上写下沉静如水的心事。

在旷野上

今天，走向村子，我选了那条弯弯曲曲的田埂小路。村子本来不远，路弯曲得多了，觉得远，也许还有别的原因，也许主要来自心里的距离，心有了距离就怕想那路的尽头了。

我背后是我熟悉的小城，以前为了享有一份更接近自然的心态，我去了村子住下，以为可以从此把心踏实地放在脚下坚实的土地上，可是村里人笑逐颜开地围着你说着笑着，你却把目光越过他们，再次投回到城里的灯光。

田埂曲曲折折的继续绕着脚，也绕了你的情你的心，你忽然觉得前面的村子越来越远了，你开始怀疑，你是走不进那个村子了。你转身向身后望去，奇怪的是，身后那城市没有了，空空一片。你在田间伫立片刻，开始发笑，这境况正好证实了你一段时间以来的感觉，你曾经想做个纯粹的人，就跑到乡间，当发现做作的形式上的追求，只会让自己的样子变得可笑，就像一个螺背上了一个乌龟壳。你不仅把自己的身体抛在不着村店的田间，不知自己实在属于哪里，人开始在尘世间游离起来。

绕过这个小山岗，该是那片荷塘了。现在是冬季，也许只能见几片几枝残叶枯枝的，不过有时绿叶红花虽然亮人眼线，可是，谁又能说几片残叶衰梗不会给人心理带来别样抚慰呢。我缓缓行，眯眼看天空，放眼观旷野。前面果然一片抢眼的绿，还有点点炫目的红，奇怪啊，荷塘在这冬季依然青翠葱茏着，我盯着一朵绚丽的荷花出神，那亭亭的枝梗，弧线优美的花瓣，包裹着初露的青色莲蓬，黄色的蕊心散散淡淡地装点在里面，阳光就是这时候照过来的，阳光下的荷花顿时更加透明纯净，瑰丽无比。荷的清香也随着阳光弥散开来——

我感觉自己在飞了，像只红蜻蜓翩翩于荷塘之上，然后亭立于了初开的小荷尖上，站成一处骄傲的风景；我又感觉我拿起画笔，写意着眼前这变幻瑰丽的美景，渲染着这摄人心魄的画面——

一阵风吹过，好像有一幕帘拉下，醒目一看，刚刚的美景立时幻化成虚无。曾经的荷塘也变成了冬天萧瑟的稻田。眼前一片空寂，空得和内心一样空了。这时似乎开始怀想，怀想起过去苍翠在这田野一隅的荷塘了。一直觉得自己是酷爱荷的，也曾多次想过来写生，试着用笨拙的笔来写写自然界这红绿相谐得最经典的美。现在荷塘说没就没了，我的酷爱也就变得十分可笑了。凡尘的多少事能抵得了自己内心的至爱呢，美好却为些琐事或者杂念轻易就这样错过了。

原本美好与至爱也是要用真心与执着来追求和坚守的。可是，我们却任由那些华丽虚浮在自己面前碍手碍脚，甚至喜欢让它们这样碍着手脚，忘了精神与美好结合才能感悟到人生至真至高的快乐了。当然，追求和坚守是要付出太多的，也会是个痛苦的过程，这远比享受华丽要困难得多。但是追求与坚守却能让一个人活得明明白白，还有什么事情让自己做一个明白人来得自在而美好呢。

现在，荷塘没了，我只好用一种空洞的心情面对旷野。

我继续向那远方的村子走去，脑子里还在胡思乱想，眼前的景象却开始清晰起来，就像这些弯曲着的田埂，远看线条有些模糊，走在上面，脚印却是清晰的……

那山，那雪……

窗外，大片大片的雪花无言地飘落着，久久地凝望，陶醉在那慷慨的美丽中：漫天的碎玉，在劲风中洒脱而又不失轻盈地飞旋着，有些迫不及待地斜斜地扎进大地的怀抱，心里涌起久违了的亲切，一丝感动，一丝温暖——才发现，原来一直在渴盼着一场大雪的到来，竟像渴盼久别情人的拥抱一般！

已经是冬天了吗？不由轻轻地问自己。往年"十一"的时候，必定会如约似的铺天盖地降下一场大雪，今年的雪却不知为何如此矜持，任你把盼望扯满心房，大地也未开启那蚌壳一样的胸怀，把那最柔软洁白的温柔与冷漠展现出来。

今晨，天便是出奇的冷了，穿了绒衣，再罩上毛呢风衣，穿行在街上，仍瑟缩着，感到逼人的冷气从裤管里向上蹿。看看路人，有穿着薄薄的夹克衫的，也有穿厚厚的羽绒服的了，不禁哑然失笑：这个季节，穿什么都有道理哦！我的心情是极好的，因为早就盼着霜冻雪雾的突袭了——那样，就可以欣赏到美丽的雾凇了！

抬头看天，云雾灌了铅似的凝重，太阳也被逼成了一个不成形状的浅色光斑，无力地悬在空中，像是正在一点点地被吞噬融化着。看着看着，独自开心起来：怕是要下雪了吧，最好是来一场过瘾的封山大雪！

中午睡了一觉醒来，看到窗子上有雨痕，心里有些许的失落。透过窗子看楼下的街道，人来人往的依旧繁华喧闹，并无打伞穿蓑之人，便知那雨也是蜻蜓点水似的形式主义了。

像是要故意给人一个惊喜一般，下午，在办公室里埋头于书本之间的我，偶尔抬头望向窗外，却意外地发现，不容你惊叹，冬已穿着洁白的纱裙以她最柔美的舞姿拉开了一帘的序幕！是的，她来了，带着微微的高傲的寒气，雍容典雅，高贵无比的她终于深情款款地来了！

停了笔，痴痴地望着，心若离弦的箭一般直射入苍穹，贪婪地张开怀抱，去拥舞这漫天的雪花，伴着她落入大地，伴着她瞬间的融化⋯⋯

雪一直下着，终于，湿漉漉的地面再也拗不过她的执着，被蒙上了一层轻霜似的白。下班了，走在凉丝丝的雪中，跟她零距离接触，任她顽皮地落在我的身上再化掉——真想让温度骤冷下来，只为了留住她的洁白与美丽！

校园里的路灯已经亮出昏黄的光，光束下的雪似乎飘舞得更起劲更忘情。

慢慢踱步回家，全然感觉不到丝毫的冷意了，只有一分喜悦洋溢在心头。雪不知什么时候停了。上到三楼那宽敞的平台上时，我望了一眼北山，不由得停下脚步惊叹起来：简直是雪山奇景！怕是再美的图片，也无法展现出此时山的神奇与壮美！那是一种宁静的、动感的、朦胧的暗显铮铮傲骨的美，天还没有完全暗下来，空中低沉的云层似乎已经被扯破了，大块大块的云层不规则地被揪扯开，缝隙间漏出深邃的蓝来。

连绵的山像是被罩上了一层寒霜，山的筋骨脉络也似乎更清晰起来，仿佛可以感受到那晶莹的浓霜散发出来的袭人寒气，但你看不到连绵的山顶，因为它完全被笼罩在一条白色的雾带之中

——我竟不知道原来晚上也有这样漂亮的雾，而且还蒸气一样在翻滚着流动着，像一条仙气十足的神龙蜿蜒游动在山的脊梁之上。上面的云的色彩也是极有层次地映衬着，青色、灰色、深灰色、蓝黑色……

我没有回楼上去取相机，唯恐错过了那瞬间的美丽，而且我也深信，即便是拍摄下来，也只是混沌的一片，无法捕捉到那雪、那山、那云、那雾的天然灵气……

天色完全暗下来了，夜色洪魔一样顷刻淹没了一切，而我的心，依旧在那山雾之间，在那苍穹之中，拥着蝶儿一样的雪花，飘摇，旋转，飞舞，醉成天地间一曲优美的华尔兹……

青岛宁夏路的变迁

在碧海蓝天的青岛，宁夏路一直是一条很知名的快速道路，它不仅是因为长，有高架桥，而且是由于随着岁月的流逝经历了翻天覆地的变化，尤其是在见证着市北区的巨大变化，令人抚昔追今感慨万千。

昨天的仲家洼地区和亢家庄地区是宁夏路的主要构成部分，它的街道位于市北区的中部，地形似河道状，东西两边高，中间洼，由南向北伸展。北至东仲小学西墙外沿、街坊小路、镇江支路中心线，东至沿金坛路、宁夏路、镇江路中心线，南至沿扬州路、芝泉路中心线，西至沿太清路、街坊小路、延安三路中心线连接，辖区面积0.91平方公里。辖太清路、西仲一路、台湛路、九水路、镇江路、云溪路、宁夏路等7个社区。

记得青岛一位朋友是青岛华侨协会的领导，他跟我谈起仲家洼的仲姓，和青岛市许许多多的姓氏百姓一样，最早也是从云南来的移民，因仲家来得最早，而且人丁兴旺，又坐落在洼地，仲家洼也就由此而得名。仲家洼一开始立村的地方叫南仲家洼，简称"南仲"。1897年德国侵占青岛时，迁居此地的农户逐渐增多，原来的自然村逐渐演变成居民区，大部分居民住在矮小、阴暗而又潮湿的小平房里，泥泞的泥土路和一条明沟横贯其中，居民的居住条件和生活环境较差，是青岛有名的棚户区。后来，由原台东区政府的台东房地产公司和中房公司对棚户区进行了拆迁改造，这里由棚户区全部变成了一排排的花园小区。

宁夏路由延安三路至原先的湛流干路，先改名为香港东路。宁夏路原称仲辛支路、延安东路，20 世纪 70 年代还是一条穿越仲家洼（后称南仲家洼）、经亢家庄到田家村的沿田埂地头通行的蜿蜒小路，宽仅 3～4 米。因其地势低洼，纵坡较陡，行车十分不便。记得这条小路中间洼两边高，在低洼处有一条仲家洼河，河上有座小木桥，我们就称之为"小桥"。放眼望去，两侧则是低矮的平房和市场，现在考察如今海信立交桥下两端的陡坡就是当年的宁夏路了，尤其是在建造宁夏路的时候，青岛手表厂、空调厂让出一条道路作为宁夏路的一部分成为岛城佳话。

随着青岛经济的发展，1983 年市重点工程指挥部授权沙子口建筑公司修建宁夏路路基，青岛市人民政府于 1984 年决定结合旧城改造，拓宽这段道路，修建高架桥。于是，1985 年 3 月 9 日正式开工，10 月 1 日还在大桥即将竣工时举办过灯会，11 月 15 日竣工。高架桥被称为宁夏路大桥。当初为了 2 路电车调头转弯方便，还在宁夏路与台东一路、延安三路、延安路交会处建成了大转盘，称为延安路大转盘。1985 年年底 2 路电车由延安路总站延长至青岛手表厂，1995 年为缓解交通压力，市政府决定在宁夏路大桥、延安路大转盘的基础上修建立交桥，1 月 6 日宁夏路、延安三路立交桥工程开工，经过紧张的施工建设，于 12 月 30 日正式建成通车，称为延宁立交桥。直到 1998 年 9 月 16 日，城市东西快速通道的重要组成部分的山东路、宁夏路交叉口立交桥和镇江路、宁夏路交叉口立交桥与海信立交桥东引道拓宽、两边道路打通工程正式鸣锣开工，将宁夏路大桥、延宁立交桥合二为一为海信立交桥，又在镇江路和宁夏路建了镇宁立交桥，在山东路和宁夏路建了澳柯玛立交桥（原为山宁立交桥）。至此，昔日的宁夏路彻底变了样，车流不息的一坦通途给人们的出行带来了极大便利。

由于宁夏路的拓宽和设立高架桥，快捷的交通带来了经济的繁荣，如今宁夏路一线呈现出欣欣向荣的景象，勇丽山东菜、大润发超市、海参一条街、怡情楼海鲜店、名典咖啡语茶和金汉斯南美烤肉店等点缀其间，为市北区串起一条生机益然繁华纷呈的靓丽长龙。

青岛有个小鲍岛

小鲍岛资深的历史使其在青岛颇有些名气。有趣的是，青岛的一些旧地名，常常有这样的规律，就是习惯用自然山脉、岛屿、河流和港口命名，同名中分大小。如除我们要说的大小鲍岛外，还有什么大小栈桥、大小港、大小湛山、大小崂山、大小青岛、大小公岛、大小福岛、大小石山、大小村庄和大小水清沟等等，很有意味。

大鲍岛和小鲍岛曾经都是青岛众多山头中的山名，最早出现于明代。而当这两个地方成为青岛人早期的村落时，大小鲍岛就成了两个村庄的名称了。大鲍岛村位于胶州路、四方路一带，小鲍岛村在市北区黄台路一带，黄台路在德国占领时期，还曾被叫作小鲍岛街。1928年编纂的《胶澳志》记载，20世纪初，黄台路的前身曾经叫"小鲍岛街"，这是小鲍岛首次作为地名出现在青岛的地方志里。

清朝时期没修小港码头的时候，附近的海面比现在要大得多，胶州湾一直延伸到青海路、普集路附近。小鲍岛是这一带最靠近海的一个渔村，德国占领青岛后，即将大鲍岛村所处的位置定为鲍岛区，是为当时华人的主要居住区。而对小鲍岛的大规模辟建，是在日本第一次占领青岛时期，即在1914年至1922年期间，就位于现在的辽宁路、黄台路一带。1914年11月，日本击败德国侵占青岛后，在此地建起了小鲍岛商业街，这便是日本人为自己开发出来的居住区。那时小鲍岛的房屋、招牌都是日本式样的，改造前小鲍岛大部分的房子都已经有了近百年的历史。

虽然，今天的黄台路曾命名为小鲍岛路，可是老青岛人都把益都路一带叫小鲍岛。据说，清代时的小鲍岛村的遗址，在贮水山南，大约位于今黄台路、热河路、大连路、益都路、辽宁路、乐陵路之间。大港建港以前，今天的普集路一带是海滩，位于其附近的小鲍岛村是一个半渔、半农的村庄。它的东边是杨家村，北边是扫帚滩，南边是大鲍岛。当时的益都路建于日本占领时期，叫川畸町，早期是日商一条街。1933年中国政府早已收回青岛多年了，据统计全市的日商仍达939家之多，集中地点包括聊城路、辽宁路、益都路及市场一、二、三路。益都路日商行业齐全，总的来说规模小于聊城路、辽宁路。

从史料上可以查到，益都路上有过若鹤旅馆（过去贮水山叫若鹤山）、布袋旅馆、金屋旅馆等三家旅馆，有文化写真馆（照相馆）、铃木茶铺、中西吴服店、月冈鞋店、丸山物产馆、经营烟的华生洋行、山东书店、泰山书店和从事中介的川本商店。日本料理店集中在临清路周围，益都路上也还有日浦、竹生庵等家，还有小西理发店、是枝美容俱乐部、博文堂、明河等文具店，从事建筑业的梅崎组，另外还有石雁洋行、井上商社、饭田洋行、山阳商行、太阳商会、远藤商社、岩黑、上最、东光堂、浦松和扇屋，单纯从店名上已不知道他们经营的是什么了。还有一家中村葬仪社，日本人在本土实行火葬，在青岛也实行火葬，在中庸路上有火化场。"葬仪社"负责具体安排，他们有殡仪汽车，上有棺罩，与中国棺罩相似，中国棺木用8～12人来抬，他们用汽车运。此外，还有一家佐佐木齿科医院。可以看出，在这条马路上生活中所需要的都可以办到。

抗日战争胜利后，益都路主要是一条居住街，但也有一些商业，如东华池澡堂，是老市北区唯一的一家澡堂。还有大同药房、新新茶社、美华药房、益兴祥食品店、崇实五金行、裕泰自行车行等。抗战胜利后，这一带空出许多日本人的住宅，著名女作家赵清阁曾来青岛，就在桓台路口的一处原日本人居住过的小楼的二层创作。赵清阁写道："早晨起来在凉台上深呼吸，喝上一杯香片茶，吸上一枝大前门香烟，便开始写作。12点半，放下笔出去午饭。常去的是益都路上一家叫第一春的北方饭馆，有时去一家叫饺子大王的饭店。"这一年赵清阁已是著名作家，她年仅30岁，长得很漂亮。有一次在饺子大王饭店吃饭，邻桌一个男子看上了她。出店门口一直跟着她，她到一家书店，男子也跟了进去。她又走到街上，男子对她说："一块进神社（即日本神社，今贮水山公园）吧，那里清静。"赵清阁愤然说："你别认错人了！"说着跳上一辆人力车，迅速离开了。据说，赵清阁在这里创作了小说《江上烟》，还写了许多散文。

值得一提的是，20世纪60年代至70年代，被称为小鲍岛的益都路成了青岛人的服装和小商品一条街。新时期以来的鲍岛酒家，是益都路上的一家名店，曾以淮扬菜著称，风行一时。改革开放后，根据《青岛高新科技产业开发区总体规划》，昔日的辽宁路西段已建成为有名的"科技一条街"。以"科技城"为中心，这座科技城东起辽宁路、西至乐陵路、北起泰山路、南抵章丘路，益都路成了科技城中部。2002年9月，随着挖掘机阵阵轰鸣声，益都路上的90年老楼，一座座纷纷坍塌，益都路开始消失，科技城开始了兴建，原有房屋全部被拆除了，原有街道不复存在。科技城中间为科技广场，原益都路中部是数码科技大楼，还有科贸办公建筑群，10座高层科技商住宅平地而起，还建成了室内步行街，益都路则成为青岛又一条消失的马路。但是，这里保持住颇具民间风味小吃街和儿童游乐园，一年一度的元宵山会仍旧热闹兴旺。直至最近几年，昔日的小鲍岛成为了新兴的即墨路商圈、辽宁路商圈的一部分，其商业价值又再一次被市民所认识。

20 世纪 80 年代，市北区工商局曾在乐陵路和博兴路建起了博兴路农贸市场，市场面积 8000 平方米，有 600 多个业户。当时，市场非常繁华，市民都称"市南有四方路，台东有南山，市北有博兴路"，是青岛市最繁华的市场之一，从乐陵路到辽宁路，从泰山路到桓台路的居民，大多在此购买日用品，一年的交易额过亿元。2000 年，博兴路农贸市场退路进室，更名为乐陵路农贸市场，被评为青岛市的样板农贸市场。后来，由于经营环境比较差、居民拆迁消费群流失、管理不到位等各种原因，市场逐渐萧条，到小鲍岛民俗城建设时，只剩下 100 多个业户。2009 年 9 月 28 日上午，由原乐陵路农贸市场改建而成的小鲍岛民俗文化城正式开业，400 多个蔬菜、水果、生鲜和生活用品等摊位全部进行了精心"包装"，被打造成民俗气息浓厚的仿古集市。"这么漂亮的农贸市场，来买菜就像逛民俗公园。"有人这样说。数百名早已等候在外的市民迫不及待地涌入城内，争相一睹民俗城芳容。只见一楼大厅内的果蔬、生鲜、海鲜、干货等物品全部分门别类，集中在造型装饰迥异的特色摊位上售卖，摊位门头造型有灰色石块垒起的门廊，也有红瓦灰砖建起的小亭子，还有竹子、木头搭成的小屋，室内墙面上还随处挂着木雕、年画、"福禄寿喜"等装饰字画，比普通农贸市场外观精美了许多。最有特色的摊位要数海鲜水产品区，一个摊位就是一艘两三米长的小木船，鱼虾、螃蟹、蛤蜊等货物全摆在船上售卖，商户就像真正的渔家一样招揽顾客。

小鲍岛民俗城一楼是蔬菜瓜果生鲜区，二楼则集中了服装、鞋帽、家具用品、化妆品等日用生活消费品，偌大的街区店铺呈"井"字状分布，每一条小街都被取上了"吉"字打头的名字，例如"吉星街"、"吉时西街"、"吉福东街"等等。部分街区还搬进了传统的生活服务项目，现已不多见的扯布匹量体裁衣、定制旗袍、现场制作棉被等等都能在这里找到。据介绍，小鲍岛民俗城是民族式的建筑风格，墙体采用青砖、黑瓦、琉璃檐，大门是传统中式城门垛子，内饰清秀的月牙门，饱含浓重的民俗风味，现商铺入住率已达到90%以上，剩下的一部分摊位计划引进民间艺人和特色小吃，在一层显眼的区域辟出一条艺人街，拟将一批民间艺人、青岛特色民俗召集吸引进来，以期弘扬民族文化，保护青岛市非物质文化遗产。

时光荏苒，岁月悠悠，如今小鲍岛已经完全改变模样今非昔比了，青岛经济的飞速发展使小鲍岛越来越变成繁荣富足的美丽白天鹅了。

在崂顶蓝天翱翔的雄鹰

——《那个月亮新年，朦胧了》读后

6月，是收获的季节，对于诗人杨昌群先生来说，那可真是硕果累累的季节，《冬天的记忆》出版有他的参入编辑创作，《崂山风》、《记忆中的市北》都有他的作品发表，他是青岛蓝月亮编辑部的编委，新闻网蹉跎岁月、似水年华的版主。请看他的个人介绍：

杨昌群，笔名若风、骑马看海。1967年生于山东莱芜，1988年毕业于厦门大学中文系。青岛市作家协会会员，山东省散文学会会员，美国诗天空诗人协会副会长。部分诗歌、散文在海内外发表。

昨天，收到了杨昌群先生赠送的他刚刚出版还带着墨迹香味的新书《那个月亮新年，朦胧了》，迫不及待地打开阅读，立时，美妙的文字像春风带着芬芳把我带进一个神奇的世界！这个神奇的世界分为《月亮骑士》、《长风千里》、《大黄猫的故事》、《野山百瓤》、《如如善美》5个部分，每一个部分都在诉说着杨昌群先生在大千世界的每一个感慨，都在吟唱着世界的浮云变幻，都悄悄地打开了我的心扉，发散出淡淡的清香。

"浅浅青草，漓漓细雨，而木棉花的湿润却是火红色的。乍一回首往境，那个寒假里的校园场景，就这样突兀在我的记忆中。如果两个人两情相悦，莫过于寻个安静之处，共享一顿温馨的晚餐，如果一个人怀恋上一个地方，命运会安排你，在那个地方，度过一个月亮的新年。所谓月亮的新年，就是我们通常所说的春节，只不过那个春节，距今已有 20 多年，很多细微的颗粒，也随我跋山涉水，重新组合了多次。现在想来，那个大学校园里的月亮新年，竟然朦胧了。"就这样一段话，点出了文章的主题，作者的心扉从浅浅青草，滴滴细雨到飞翔的蓝色天空，奔腾的茫茫草原，游走在万里崂山，闯开了世人的思维，甚至揭示了大黄猫的趣味故事。

"一首香喷喷的爱情小诗，在一本古书里深居简出，仿佛被误读，也似被隐藏，等到平静时再次遇到它，黑白分明的意象，清晰美丽的侧影，引我到小河流水的源头，树林，草地，小鸟的鸣唱，百花的飞艳。"这些细微之处，都在杨昌群先生笔下栩栩如生地舞蹈起来。

读到一篇好文章不难，感受一篇好文章不易。读着杨昌群先生的文章，真实地让我感受到飞翔的快乐，我的思绪在天空，在崂山，在白云中翱翔起来。

"你问我，月色怎样朦胧，洁白的翼羽在我们近旁舞蹈。你问我，阳光怎样迷蒙，透明的声音已经悄然远去。想象着，犹豫着。"音乐一般的语言让我感受到影片中的民间对歌，一对恋人在对唱，山清水绿，群山呼应，流水潺潺，百鸟鸣啼。我感受到置身于神仙的世界，虚幻的缥缈，娴静、睿智都在文字中翩然起舞，我不由地击掌叫好，缥缈虚幻的蓝月亮变成了现实，真正地来到我们身边。

"有时更多的诗意，已经化作生活别处的语言。有时远处陌生的风景，也能让人感到轻微的悸动。几只小小鸟，一棵小小树，嘤嘤的话语，淡淡的亲情。"杨昌群先生正是把那些细小入微的月光升华到彩霞飞飞的空间，用优美的诗歌语言，把那些往事，那些感慨变成美妙的文章。听："一粒种子飘落大地，阳光如梦，风雨如花，仿佛经历了很久，仿佛就在瞬间。"再听："世界之外，别有世界，山川之外，另有山川。"是山泉的流水，是风吹松针的沙沙声，是一首美妙的诗歌在流淌，置身于杨昌群先生的月亮世界，让人陶醉，流连忘返。

正因为杨昌群先生写有这样美丽的意境，具有这样崇高的情操，所以他的为人也是高尚的，在论坛交往将近 10 年了，他的谦虚，他的热情，他的处世，他的办事效率始终在感动着我。鞭策着我，也许，这也是我和格里能把论坛做好的一个主要原因吧，这也是我们版主委员会全体朋友的共同看法。从他的作品《在大黄猫的幸福生活》6 篇文章中看出杨昌群先生对动物的爱，对动物观察的细致入微。

我又想到大黄猫，于是我再去猫们晒太阳的地方，一下看到好多只猫，都是单位里原先的猫，什么作秀猫、跟班猫、雍容华贵的猫，全然不知所去。

猫们晒太阳的地方，大约有 6 只猫，包括两头最早来的大灰白猫。其他的猫都在叼吃着带鱼块，只有大黄猫，安静地蹲在近前，听到我的脚步声，懒懒睁一下眼睛，接着便闭目养神，其他的猫还或多或少喵喵了几声，大黄猫依然懒散，不出一声。

今天大黄猫已不再流眼泪，也不再打喷嚏，胃口特别好，身子胖了，毛色亮了，只是贪睡。一次我注意到，两头原先的小母猫在它不远处打闹，一头陌生的花脸黄猫跑到我们院子里来，别的猫都很紧张，陌生的花脸黄猫也紧张，转了一圈又逃出院子，好像这都和大黄猫无关，它依然在昏昏而睡。

下午大黄猫不再贪睡了，它模仿几种猫科动物的卧姿，间或在院子里走几步，怎么看怎么不像猫步。下班时，它没在大门口，我走出单位大门，看到大黄猫在路边墙脚处的土堆旁，斜立着身子，一脸尴尬的样子。很多同事从它面前经过，也看它，当然我也看它，原来它在上小厕。走过几十米我回头看看，大黄猫好像在整理小土堆，新陈代谢，我想大黄猫的感冒也好了吧。"

由于论坛上朋友们对杨昌群先生都很了解，因此，我只是用他的文章对大家的思想认识进一步升华，对杨昌群先生对论坛，为朋友们的付出再次表达谢意。

"天高云淡，望断南飞雁，不到长城非好汉，屈指行程二万。"共和国的缔造者毛泽东的诗词是何等磅礴，他在长征路上写下的诗歌现在捧起也是百读不厌。从文字中好像看到工农红军转战万里攀登大雪山，横跨大草原的豪迈气概。而杨昌群先生文章的精髓也是与他的山友走遍崂山的叙述，山的巍峨，山的险峻，山的灵魂，山的诉说都跃然笔端。写爬山的洋洋四十篇文字：崂山之巅，谁为情种、槐花与野草、寻找迷途的印迹、野餐之时遇灵蛇、从杏黄百合到七彩祥云、崂山百合的异彩空间、雨山无住，而生其心、万象时空的奔流、崂山唐棣花、飞雨飞去飞来、天泉之水何处来、白云滚石的瞬间、三顶礼赞、行走于时空光明处、燕石豆腐飞龙瀑、八仙小鱼迷彩鸽、瑞雪迎舞之崂山如此多娇、洁白的梦境为谁而来、月亮小年八仙墩、野马狂风大流顶、其中《如如善美》（20篇）、初探天地官财石、野爬崂山的几个哲学问题、正月十四野爬记、是否是早春霰雪一个野梦、野走阳阴线、探幽虔女洞、一海春水的夜天、第一次穿汉服、五顶四瀑穿越记、明明春明明花明明相看、登山节崂顶云雾行、来自北川的两个女孩、脂砚潭水映夏花、了然无痕仙胎鱼、野山野水仙胎鱼、崂山穿越之似水流年、灵蛇河谷另一个梦境、蒹葭苍苍、白露为霜、白云悠悠秋色明、天茶顶的痴迷石缝、追看雾凇雪影的云空。

"天上有多少雨水，山中有多少草木。世上有多少意动，心中有多少感怀。雨天雨地，雨溪雨径，雨衣雨伞，雨人雨物。阴阳之交接，万象之湿润。以崂山之风骨，通天地之往来，化夏伏之酣霖。爱山之人有往无住，此意此情漫漫斐然。我不知道天上人间，几十秒、几十天、几十年和几千年有何道义上的区别，如果还有那无名道义的存在，如果还有一道崂山天空的祥云，在我的崂山视野里短暂流浪，那么此时此刻，有人是在此处短暂流浪，还是在此处短暂停留呢。朦胧了，朦胧的也许是我，朦胧的也许还有那七彩祥云。会知山水，家国天下，时间与空间相会时，行走与情感是同在的，思绪与物象是相连的。"

我们经常游崂山，但是又有谁能够在登山之余发出如此感慨，写下如此美好的文字。

崂山历史悠久，文化悠久，而只有去读它，读懂它，才会得到崂山的真谛，在文章中，我读到：

《召南》曰："何彼襛矣，唐棣之华。"《小雅》曰："常棣之华，鄂不韡韡。"逸诗曰："唐棣之华，偏其反而。岂不尔思，室是远而。"子曰："未之思也，夫何远之有。"

唐棣花是什么样的花，唐棣花盛开在哪里。为什么它要隐在时间的深处，为什么之前我只能在古老的汉字中无端想象。今年5月中旬，我随传媒网的驴友之家登山队，在雨后云雾中从仰口宾馆开始爬山。在拐杖岭上，我第一次发现那挂满小白花的神奇花树。当时大家在那里休息了片刻，很多山友为那花树拍照，却没人知道那花树的名字。后来我们来到仰口山中，长时目睹涌过山谷的仙云神雾，之后我们又遇到两棵同样的小白花树，不知怎么，就有一个陌生的声音告诉我，那就是唐棣树，那就是唐棣花。

就是这样，读着这样美妙的词句，这样为寻找唐棣树的不懈努力，发现唐棣花的喜悦，让我一次又一次被感动，被征服，我也想忘记自己的年龄，跟着他们的登山队去攀登崂山，走遍崂山，阅尽大自然的美丽景色！

登山是快乐的，也是艰苦的，在长途跋涉中发现伴侣，寻找乐趣，进而追根溯源也是杨昌群先生文章的成功之处：

一只美丽陌生的大蝴蝶飞来了。其实不是我等那蝴蝶来，是我留在竹竿帮爬山队友的最后时，那蝴蝶飞来了。我又有所停留，我想看看那只美丽陌生的大蝴蝶，它会在竹竿帮午餐河段的哪一处停留。那蝴蝶是孤独的吗。《易》曰："一人行，则得其友。"这时，那蝴蝶独自飞来，它要暂行暂留何处，我观想着。

河谷宽阔处，那蝴蝶贴着水面飞行，河谷陡峭处，那蝴蝶沿着峭壁飞升，它经过我们饮小酒的浅溪处，它经过竹竿领队烧烤的小瀑边，它经过格里、海蓝依旧试游的大水潭，它经过40出头跳水的高石台，那蝴蝶竟没在途中停留，就这样一直飞出我的视野。

还有：

我不知道那条素纹山蛇，那条绿彩蜥蜴，那只五彩山雉，是不是和我一样，也对蔚蓝色海天一线空云有所注目，也对崂山百合的异彩有所留意。也许有些是此遇的，也许有些是另遇的。时间都难以是时间了，空间还能在途中过久停留吗。至大至小，至显至隐，也许在隐微处，还有另外的时间和空间吧。

朋友，当您看到这样的文字，您会怎样感动，怎样遐想，也会跟着蓝月亮登山队攀登吧！然后，去发现奇迹，观察世界的神奇！

杨昌群先生在爬崂山时领悟了新的哲学问题："什么是哲学，这是个不大不小的问题，大至无可探究，小到须臾难离，野爬崂山的哲学也是如此。当以哲学主体入言，先谈哲学是什么，哲学不是什么，野爬为何态，崂山在哪里，野人乎野山乎，思考乎梦幻乎，爬非哲学之爬，所思之爬当为哲学之爬。"

杨昌群先生在《竹竿帮一周年庆典记》中又写道："山是野山，爬的就是野山。人是野人吗，也许，善美之野就是真实之野了。"

他们的野爬崂山开阔了视野，野爬崂山锻炼了体魄，野爬崂山体现了世间的真、善、美。在野爬崂山过程中，最值得一提的就是著名的五顶四瀑穿越记：

神峻崂山有五个著名山顶，大流顶、天茶顶、崂顶、青峰顶、小崂顶，灵秀崂山有四处著名瀑布，龙潭瀑、潮音瀑、飞龙瀑、飞云瀑。当竹竿登山队于3月22日发出英雄帖，首次召集岛城强驴，为纪念五四运动90周年，穿越崂山五顶四瀑时，时间开始了。穿越全程估算约有90公里，这样的体能与激情的野行，已经超越了穿越活动本身，这是带着整个世界在奔跑。

这是一个和其他春天不同的春天，3月28日星期六，农历三月初二，清明节前7天，晴到少云。竹竿登山队对这个春天说，五顶四瀑，我们来了。

我们勇敢的登山队员成功了，他们为什么旗鼓大张穿越五顶四瀑，看杨昌群先生的解释吧：

怎么样雷霆风雨穿越五顶四瀑，这已不仅是哲学论上的两个哲学问题了。哲学意义上的五行四象，家国天下意义上的五湖四海，华夏传统意义上的五经四书，新文化意义上的五四运动，新地理意义上的五顶四瀑。野山野水何在，象数义理何在，九九归一何在，我心悠悠何在。多少年后，当我回首往事，一定有这个特别的春天，这次刻骨铭心的野爬穿越。3月28号你好，崂山你好，五顶四瀑你好。

《那个月亮新年，朦胧了》新书共有232页，84篇文章全部读过后，我的心中油然对杨昌群先生升起一股敬意，俗话说：文字见人品，具有崇高的思想方能写出崇高的文字，社会上那些奸邪狭隘的小人永远也不会读懂崇高的文字，脱凡于精神境界的升华。我抬头遥望蓝天，看到远处崂山巍峨起伏，绵延磅礴，一只雄鹰在高空盘旋飞行！

不可磨灭的记忆

——读《记忆中的市北》有感

朋友们的新书《记忆中的市北》出版了。捧读这本散发着油墨芬芳的新书，不禁为这本书的内容丰富所叹服。作者们饱含对市北区的热恋，用蘸满激情的笔墨，抒发了对自己所熟悉的一砖一瓦、一草一木的情怀，如实地记录下青岛市北区翻天覆地的巨大变化和城市建设的前进历程。

青岛市北区是一个老城区，曾经历了漫长岁月，饱经风霜。近些年来，在不具备良好条件的前提下，区委区政府大胆设想勇于创新，通过一系列切实可行的措施甩掉落后面貌，在经济发展和旧城改造等方面取得明显成绩，开拓出一个崭新的大好局面。

追根溯源，市北区曾有着悠久的历史。早在古代西周时代，青岛地域属夷国，市北区属东夷地。春秋初期，青岛地域为介国、夷国、莱国等诸侯国的属地；春秋中期，均归入齐国。战国时期，青岛地域大部属即墨。在春秋战国时期，市北区地域属齐国。秦始皇统一中国后，实行郡县制，天下分为48郡，青岛地域西属琅琊郡，北属胶东郡。市北区属琅琊郡。有史料记载，清末市北区境域属即墨县仁化乡文峰社。清嘉庆年间《广志绎》一书中有"青岛"一词，青岛作为一个小岛的名字首次出现在文献中。随青岛的建置，市北区才有了建置的基础和条件。最早组成市北区的 5 个村子是大鲍岛村、小鲍岛村、孟家沟村、杨家村、扫帚滩村。

　　就近代而言，德国侵占胶澳时期，即 1900 年德国当局把租界分为内界和外界两大区，大鲍岛、小鲍岛、孟家沟、杨家村、台东镇、扫帚滩等，属青岛内界区域。到 1901 年台东镇已初具规模。日本第一次侵占青岛时期，即 1914 年日本将占领区划分为青岛区和李村区。当时，市北区地域属青岛区。后来历经北洋政府统治胶澳时期、南京政府第一次统治青岛时期、日本第二次侵占青岛时期和南京政府第二次统治青岛时期，1949 年青岛解放前夕，国民党政府实行警保统一，将青岛市划分为 6 个市区和 6 个乡区，市北、台东两区在市区之中。

　　时至现代，青岛解放后至 1994 年，青岛市人民政府先后于 1949 年 6 月、1951 年 8 月、1963 年 2 月、1982 年 3 月和 1994 年 5 月对市区做过 5 次行政区划调整，市北、台东两区均属青岛市市区。近年来，市北区针对城区经贸发展特点，制定实施了"商贸兴区"发展战略，并确定了"一园二街二线三区"的全区经贸整体发展布局。我们作为市北区职能部门档案局，有责任面向社会组织市民将对市北区的珍贵记忆碎片俯拾起来，不管是小鲍岛的变迁、青岛山炮台遗址、记忆中的"波螺油子"、城区母亲河海泊河、大庙山和即墨路小商品批发市场等，还是"蓝天牌"运动服、驻市北名企生产的名牌"三大件"、宁夏路今昔、写在台东五路的故事、德国风情特色街和台东商业步行街等，都非常值得追忆或记载。细品那些饱含深情的文字，里面有对悠悠岁月老台东、老市北的无限怀念，有对五彩缤纷特色街的赞美，一篇篇记忆文章好像是一坛坛陈香老酒，展现给读者的是作者心中酿造沉淀的香醇和浓郁的芬芳。

　　市北区经历了风风雨雨，在漫长的发展过程中延续至今，自然有许多难得的都市想象与文化记忆，这一切在《记忆中的市北》一书里都有翔实可信的娓娓记述。如程基《记忆与生命同在》、纪宇《老屋的记忆》、张璋《宁夏路变迁的感慨》、刘伟《小鲍岛的变迁》、葛燕娣《馆陶路忆旧》、吴宝泉《市北那些迷人的小巷》、于向阳《难忘的老屋》、李岩《啤酒街的情结》、杨昌群《贮水山忆旧》、张海滨《我与老台东新华书店的情结》、刘霞《市北抒怀》、李德忠《延安路大桥》、刘书章《台东旧事》、董克霞《我的蜗居》、徐学清《记忆中的人民商场》、门秀山《市北区的"街头诗画廊"》、赵汝永《记忆中的"波螺油子"》、滕学臣《岁月沧桑于姑庵》、张润东《消失的礼拜集》、宋立嘉《难忘岛城地排车》等等，无不镌刻着鲜明的城市印记，凝聚着作者对市北区变迁的浓浓深情。

市北区特色街由台东商业步行街、啤酒街、文化街、延安二路婚纱摄影街、镇江北路家具街、体育街、电子街、德国风情街、即墨路文具街、天幕城、科技街等 17 条大街组成。王敏《市北体育街的风采》、王佩法《啤酒街看变化》、王瑛伦《商业中心台东》等描述了特色街的风采。这些特色街已成为市北区保持经济增长的重要动力，并通过以特色街为依托的"十里商贸长廊"的建设，市北区服务业的水平获得了大幅的提升。当然，这个《记忆中的市北》散文集里更多的是记忆那些市北区发生的难以忘怀的旧忆琐事，如高祀宽《青山依旧》、姜言正《记忆中台东三路的二三事》、矫海青《大庙山的荷花湾》、王宗云《昔日荒芜的夹岭沟今日幸福的住宅区》、赵长奇《小港码头》、李劼《友谊商店的毛毯》、朱峰《档案让"消失的村庄"历史源远流长》等，在他们细致入微的叙述中让读者感受到时代跳跃着的脉搏。

在信息爆炸瞬间变化万千的今天，人类在千方百计拯救家园地球。作为青岛的市北区，那些已经消逝或即将消逝的村庄、街道、古树和老屋，以及老市北、老台东的发展历史，市北区社会人文、城区面貌、历史建筑、文化遗产、市井老巷、民俗风情、民间工艺和人情掌故等等，都亟须我们用纪实手法，运用故事、叙事散文、随笔、见闻等形式记录下来，为深入挖掘和抢救城区历史文化，进一步丰富馆藏，更好地发挥档案馆存史、资政、育人的社会功能作出努力。《记忆中的市北》这本书的出版，无疑做了一件功德无量的好事。

人人都有记载人生足迹和所在地区生活历史的责任。这次青岛市市北区档案局出版《记忆中的市北》一书，受到了山东省散文学会、青岛市作家协会和青岛新闻网"蹉跎岁月"论坛作家们的鼎力支持，他们以极大的热忱最快的速度向社会各界人士和新闻网的作家们征文，得以这本记录市北区历史钩沉的散文集圆满出版。正是他们的辛劳和汗水以及爱心，为市北区及时拯救了这些不可磨灭的记忆，做出了自己的无私贡献。

抚摩着市北区熟悉的肌肤与脉跳，我希望这是一本能为广大读者呈现出读之愉悦、充实而富有启发性的好书。相信但凡是对岛城厚重人文历史感兴趣的有心人，皆可从这本书中读出人们对市北这片热土的依恋之情。我对这本精致淡雅、图文并茂的散文集爱不释手。

赋到沧桑文自工

日前去胶州公干，在三里河畔一天然巨石上见刻有碑文，站在大太阳底下，细细地读了三遍，惊叹之余，很是震撼！问及方知，文赋系原市委书记李皓与原政协主席刘才栋同合撰：《三里河记》。

有着怎样深邃丰满的心灵储藏，有着何等充沛丰盈的思维触须，有着哪般真挚丰富的情感世界，才能撰就如此典峻大气的文章?!

《三里河记》全文共5段，508个字，如行云流水，一气呵成。通篇是饱蘸激情的浓墨，满纸张扬着诗意的语言和哲理，充分表达了作者对三里河独特的审美思考和炽烈情怀。

洗练的文字，恢宏的手笔，深邃的内涵，有山有水，有声有色；有情有景……结构严谨，浑然一体，分明一幅写意画，让人生出无限的遐想和感慨！

文章以三里河的发源地起笔，勾勒四季迷人风光，描述四千年文明积淀与沧桑变迁。起承转合间，涵盖了丰厚的内容，融入了博大的智慧。

"傍大沽、依胶莱，携千年历史之古韵，揽东夷文化之遗风，不迂不迥，一泻入海。"开篇就气势磅礴，基调厚重，三里河的浩然大气奔涌石上，读来不禁令人逸兴遄尺，击节赞叹！

三里河滔滔水流宛若循环往复的血脉，注入了作者的灵魂。人文景观纵横笔下，一草一木从容道来。无论是春之喧喧浣女，夏之动容观者，还是秋之垂杆钓翁，冬之嬉戏童子，无不生动活泼，形象逼真。一个个生活场景，如一幅幅山水泼墨，浓淡相宜，张弛有致，风情万种。那些轮回季节里的风物流转，那些优美画面里的浣女和游鱼，无不浸泽在动静的意象中，成为三里河"四季皆荣"的象征和写照。

纵览全篇，尤以第二段语言最为生动、鲜活，既有可读性，又可感性。作者以白描手法，没有刻意地升华，没有硬性地拔高，而是客观叙述，景语皆情语，把思想和情感融合在栩栩如生的形象里。文思才涌，驰骋万里。

"上溯四千年即有先民依河而居，刀耕渔猎，制陶立业，以'三里河文化'独领东夷文明之风骚……"起句点明三里河文化的精华所在。尔后寥寥几笔，形象地勾画出唐宋明清以来，三里河畔南船北舟，商贾云集，千帆辐辏，物阜民安的景象。100字便概括了四千年历史！精心选取的每一个镜头，都再现了历史长河中这片土地上曾经的繁盛。

"水之韵"、"绿之音"、"石之舞"是三里河公园的主题。作者深悉规划专家的良苦用心，以骈文短句描绘出三里河——水的妩媚，绿的奇幻，石的鬼斧神工！写意和抒情并举，色彩与音乐同行，三里河的旧貌新颜，在作者独具匠心的描摹里惟妙惟肖、美轮美奂。

作者以音韵和舞蹈的旋律，赞美建设中的三里河，赞美三里河斑斓的魅力，以及她享有盛名的传统文化和地方特产。"翔风涵澹，清波漪涟，台榭临溪，河润九里；茂树荫蔚，蝶舞鹊栖，瑞莲融池，苔岛浮翠"等景致，更是字珠句玑，骊辞华章，给人以典雅的艺术享受。

铭记是一种很难写的文体：一不能长；二要有文采，立在那里，能经得住众人的审视及时空的检验；三是要有气势。一句话：缩龙成寸。尤其第三点，要做到极难。作者必须有胸襟，有张力，有对人生的深刻感悟，方能恣肆汪洋，纵横捭阖，立论高远。《三里河记》做到了三者的完美结合，轻描人物淡写意，不铺陈，不雕饰，一派天然，精到极致。作者以散文家的敏锐感受，更兼评论家的渊博学识，将人与文融为一体，知史论河，人河相彰，言简意赅，写貌传神。一句"漫步游人，赞叹其精博华美之时，似已体悟到河畔人民拨水推山，令上林为之逊色，留云邀月，使金谷为之退舍之气概"，是写人，是写景，是抒怀，更多的则是作者对河畔民众的无限深情。文字的力量就像飞鸟，不留痕迹，却已从天空飞过，正所谓"赋到沧桑文自工"。尤其难能可贵的是，一位终日忙于党政事务的主要领导，能将古文挥洒到如此娴熟的地步，国学素养之高令人感佩！

"噫乎哉！三里河载古拓今，永往前矣。"一声喟叹，一声呐喊，如黄钟大吕，穿云裂帛，将人们的视野和希冀带向美好的未来！细细读来，不难发现，整篇铭记内在的"精神"与现实的"魂魄"息息相通。辞章句读，无不充溢着沉重的故土情结；字里行间，无不体现着个性的张扬及人生的睿智。500余字的写河文章却通篇充满了对人的热爱和歌颂，力透纸背的不仅是作者驾驭文字的功底，更是对这片土地深沉的热爱。只有将一腔炽情融入这片厚土，且对这片厚土充满信心和憧憬，才能把握住它律动的脉搏，生发出飞扬的神思！

河之清，源于山之精美，山固而流长，山河不以人事之替而灭。掩卷，不禁教人有断途回首、直薄云天之感。而逸怀浩气，超乎尘世之外，我们仿佛看见了作者在俯瞰花开的姿势，在聆听流水的声音，在用心哲的吟唱呼唤大河生命的灵光……

据讲，李皓书记说，当时由于时间仓促，未及细酌，文章及至刻到石碑上才发觉，尚有许多遗憾。我却宁肯相信，作为市委书记，他对三里河、对胶州、对全市人民定还有更多的情感要表达，而这种深蕴内心的情愫肯定会在他今后的工作中充分展现！

三里河，一曲流动的交响乐章。

《三里河记》，一幅瑰丽的历史画卷。

附一：《三里河记》

三里河自九龙山蜿蜒而出，因与板桥旧镇相去三里而得名。傍大沽、依胶莱，携千年历史之古韵，揽东夷文化之遗风，不迂不迴，一泻入海。

阳春三月，风和日暖，繁花翠柳间闻燕啭莺啼，涓涓清溪边传浣女喧喧；夏日偶有暴雨滂沱，涌浪拍岸，荡泥扬沙滚滚而下，其景至惊，观者无不为之动容；至若秋水透底则静如处子，或有游鱼涴爵，流波动声，钓者垂杆而夹岸成列；隆冬冰封则力可载人，或有童子嬉戏于其上，彼赶此追而绕若走蛇。是河也，历经沧桑而不磨，周而复始，四季皆荣。

上溯四千年即有先民依河而居，刀耕渔猎，制陶立业，以"三里河文化"独领东夷文明之风骚。唐宋始起集民愈织，一时少海连樯商船辐辏，内汇江南，外通高丽，定名板桥镇，并立为北宋五埠之一。明清以来，富贾巨商咸集，文人名家辈出，更得"金胶州"之美誉。

世纪初，河畔拔新城一座，展公园一处，集现代建筑于两岸，显时代风流于一体；时逢改革开放、政通人和，三里河已是今非昔比。"水之韵"翔风涵澹，清波漪涟，台榭临溪，河润九里。"绿之音"茂树荫蔚，蝶舞鹊栖，瑞莲融池，苔岛浮翠。"石之舞"镂月裁云，如龙如虎，不雕不镂，栩栩而生。更有双桥飞架，平湖扬帆，喷泉迭舞，珠涟映辉。秀水蕴秧歌，三弯九动十八态，韵味无穷；沃土育胶白，盛名远播传天下，世称蔬皇。漫步游人，赞叹其精博华美之时，似已体悟到河畔人民拨水堆山，令上林为之逊色，留云邀月，使金谷为之退舍之气概。

噫乎哉！三里河载古拓今，勇往直前矣。

附二：《有斯文，当有斯评》

今年"十一"期间，市新闻中心精心策划、编辑出版了一期国庆特刊。现在它仍然在我的案头放着。不管是从报刊印刷的质地还是新闻宣传的角度，这一期都称得上是相当精美和大气的。捧着这期飘着淡淡墨香的"特刊"，你很容易就可以想象到编辑们紧张忙碌的身影。为了庆祝中华人民共和国成立55周年，全方位展示金胶州各行各业的崭新风貌，新闻中心的编辑牺牲了法定的节假日和若干的休息时间，向全市人民捧出了一份厚重醇香的精神食粮！

由于平时和文学打交道比较多的原因，读过《国庆特刊》留给我印象最深的当是市委书记李皓和政协主席刘才栋合写的《三里河记》。毫不过誉地说，《三里河记》是我所读过的古今铭记中为数不多的精美文章之一。文章乃千古之事。两位胶州人民的父母官，在政务繁忙之暇，信笔为之便成佳构。视野开阔，博古通今。所谓大家风范，匠心独出，涉笔成趣也。全文508字，如一阕小令，婉约而来，悠然而去，不蔓不枝，自然而然，蔚为大观，堪称神品。非有大气魄、大胸襟者不能为之也。

学人先贤王国维尝有谈诗句云：有第一等襟抱，斯有第一等好诗！信哉斯言。写诗如此，作文亦莫能外。有大胸怀，大情感，方有大手笔，大文章。况彼《三里河记》非独为一篇妙文，亦可谓为一阕绝美之诗章。细观《三里河记》，全文不仅用笔简约洗练，惜字如金，而且文法细致绵密，起承转合，如羚羊挂角，不着半分痕迹；笔意浩然蕴藉，一字一句，如星罗棋布，浑然有如天成；摹景状物寓情，驾重就轻，如巨匠运斤，张弛有度；大处疏朗有致，清峭自然；小处惟妙惟肖，风神兼备；慷慨处，若山奔海立，沙起雷行；舒缓处，如细草微风，雨润幽谷。全文自自然然，娓娓道来，如天马行空，又如风行水上，更兼草灰蛇线，骈辞骊句，不可方物。盖因胸中已固有成竹，为文述事方能举重若轻，直如闲庭信步，仅寥寥数笔，随意挥洒勾勒，即神气迥出，气象万千，非独一丘一壑尽显风流，风俗民情亦跃然纸上。读来令人回肠荡气，回味再三，叹服不已。果然好性情！大文章！余少时读司空图《二十四诗品》，其"自然"篇中以神韵说诗曰："俯拾即是，不取诸邻，俱道适往，着手成春。如逢花开，如瞻岁新。真与不夺，强得易贫。幽人空山，过雨采藏。薄言情悟，悠悠天钧。"窃以为，以此语状《三里河记》之神韵与行文之自然，恰哉！至哉！

夫《三里河记》，凡五节508字，简洁隽永，气韵流动，神采飞扬，生趣盎然，情辞并茂；结构层次，纤余委备，往复百折，曼妙多姿；叙事说理，条达疏畅，无所间断，气尽语极。或记遗闻逸事，或述风土人情，从容闲易，收放有度。景、情、事、理，水乳交融，开合、跌宕处宛转自如，文章每于不经意中呈腾挪辗转之姿，令人目不暇接，心摹手追。通篇洋溢着深厚雄博、浩然无涯的美学特征。自古诗文之妙，当以神会之，万难形诸于言也。若风和日丽之日，约一二好友，携二三知己，漫步三里河公园，读是文，观胜景，抚今追昔，当不由人不感慨万端，心逸神飞！

不过以我之拙见，《三里河记》所展示给我们的，并不仅仅是作者高超的文学素养，深厚的国学以及渊博的史学功底，我认为更重要的是这篇铭记于恢宏不凡的气度中，字里行间还饱含着作者无限的深情与感慨，文章里既有作者对三里河、对这方土地上一草一木的浓浓情意，对国泰民安和盛状空前的感喟和赞叹，也流露着对生于斯长于斯的勤劳朴实而且敢想敢干的胶州人民由衷的热爱、关切和激励！对皇天后土、对河畔民众之爱，文中并没有明言，但却妙在不言之中。噫，为文者，至于是而止尔。读文章最能看出一个人的境界。情从心出，相由心生，非有一种博大宽广之胸怀，岂能为如此感人至深之绝妙好文！清水出芙蓉，此之谓也。

言为心声，文以载道，两位公务繁杂的父母官，单凭文中的拳拳之心，单凭这份高远的境界，单凭这一片赤子般的情怀，就足以令人心生敬仰而且感念不已了！也足以让三里河文化所哺育的人民永远尊敬、爱戴、铭记！更何况，这么多年来，他们拿出了比写字写文章要多得多的精力来经营这座年轻而又古老的城市。金胶州多少日新月异的成就要归功于他们的辛劳！苦心人，天不负。斯文斯人必能表见于后世，名垂于千载之后！领导有方有略，勤政爱民，则百姓之福也。所有好的文章即使不是刻在石头上，也同样会不朽，因为民心和口碑是这世上最好的石头！每一位想民之所想、急民之所急的领导，都会被人民所牢牢地记住！我相信勤劳肯干的胶州人们在这样胸怀浩大、睿智英明的好领导的带领下，在新世纪的征途上一定会谱写出，比现在，比今天，更加美丽灿烂壮丽辉煌的历史篇章！

"噫乎哉！三里河载古拓今，勇往直前矣。"这振奋人心促人积极奋发的结句，是信心，是憧憬，是希冀，是誓言，更是一位见惯了风浪的舵手无限豪迈的气魄和一往无前的勇气！

读这一期国庆特刊，还让我感奋不已的是在《三里河记》文后，尚有总编辑张璋精彩绝伦的解读与赏析。张璋总编本是诗

qianjiang you shui qianjiangyue

人，亦是散文家，同样于烦琐政务之暇，捉刀为诗，为文，笔下常有万丈豪气，激情四溢，诗文不乏妙彩华章。其文骨丰肌润，俊美洒脱，灵性飞扬。这次张璋总编对《三里河记》的解读，则极尽其才情，展示出了高超的评论眼光和文字驾驭能力。她将《三里河记》的诸多妙处、万种风情就如庖丁解牛般，依乎其内在文理，进行了详细的诠释和生发，成了别有一番风味的又一篇华美文字，解析的全文形象生动，高屋建瓴，文章星罗棋布，如水如天，读来让人耳清目明。《赋到沧桑文自工》与《三里河记》原作对照来读，可谓相得益彰，相互辉映，令人叹为观止！读李皓书记之文如品佳茗，沁人心脾，直入肺腑；读张璋总编辑的评则如饮醇酿，心情大畅，逸兴横飞。

噫，有斯文，当有斯评！

寂处听风

一仰成秋。

这个季节，有太多的物语属于它，有太多的影像在眼前叠印，细细碎碎，凹凸浮现……

立秋后的太阳，延续了夏日的火爆，却沾了露湿，凉沁沁的要晌午才热起来。那把自己生生留在秋风里的蝉，吱吱嘶嘶的，响一阵儿，歇一阵儿，没了气韵。也有时，会听到不知在何处孤立的一只，哀绝低婉地哑着嗓儿鸣叫，不消一会儿，那声响便隐去了。也就不知在哪棵树下，又多了一只蝉的躯体，被顽皮的小孩子捡去，插一茎干草，向小伙伴们炫耀：看，一只风干了的知了呀！

蝉的离去，总有些许天凉的况味与不忍。

慢着，还有蛙呢！秋雨过后，炊烟薄雾缭绕了村落，池塘河渠沟坝田边，水流潺潺，蛙鸣阵阵。它们时而齐起鼓噪，时而鸦雀无声，间或，有三两只对答，一唱一和……

枕一片蛙声入眠，远山近水，梦绕天涯。

随着日脚的深入，田野里的稻草人也鲜活起来。

村庄里的人很有创意，粟谷将熟未熟的时节，早早的，就到田里散散地立起些稻草人，让它们摇摇摆摆地恐吓那些偷嘴的鸟儿们。有的着意给套上一件女孩子的花褂儿，随风一抖一抖地招展着；有的则歪歪斜斜的扣上一顶破斗笠，像守田的老农，还打着盹呢；还有的让稻草人攥了长竿儿，长竿子上缠绕些红红绿绿的布条儿，霍霍地摆动着，将士般英武……

穿行在庄稼地阡上，一一览过去，觉得这真是一种生活的智睿呢！

当城里的大街小巷响起"热苞米！"的吆喝声时，勤劳的农人早就尝过鲜啦！将鲜嫩的玉米煮熟，剥去苞叶，仔细地摘净须儿，满满地一口啃下去，软软糯糯唇齿溢香，真是至上的诱惑！还有的人家，将玉米棒儿用礤床儿礤碎，熬粥吃，黄澄澄油亮亮的，你就吸溜吸溜地喝吧，那才叫满世界的香呢！

这时节，芙蓉花落得差不多了，但仍飘散着清香气息。适合散步的夜晚，散了长发，换上宽松的 T 恤，约了三两女伴，沿街停停顿顿地走着，一路上时而争论声起，时而默不做语，任由路人猜想什么去吧！青春无忌的日子，间或有点儿悲悲喜喜很快就会过去。

置身秋的季节，总有一种引人沉迷、令人静守的意象。那样的夜晚，一些个前前后后日里夜里放不下的人儿、事儿，随风消逝了大半，换得心情大舒……

一仰成秋。再仰，冬已深了。

简单富足

昨天生日。若不是朋友们凑热闹，我定会如往常般悄无声息地打发过去。一向乐于把日子过得简单些。读读书，散散步，与友人聊聊天，活得不喧哗，却也充实、知足。

饭后，一个人沿河滨路悠悠地踱着，暮色渐渐弥漫。心里，也渐渐弥漫起一个念头，去书城走一趟吧！看看表，时间有点儿晚，正犹豫着，转身间，见不远处新开了一家书吧，就去那里浏览一下吧！

走进去，吧主许是要周到照顾我这新顾客，笑问："想买什么书？""随便看看。"吧主从书架里将那几本书取下放在桌上，"那就随便翻翻吧，新到的。"翻着翻着，一本《简单富足》里，一位优秀女性婉约的灵魂，跃动字里行间……

很久以来，一直尝试与自己的灵魂对话，一直在寻求精神的皈依。暗夜里，曾千万次地想，人，能否和蚌一样？将入侵的泥沙流经岁月育成珍珠……然而心性却总是不能够聚积，生存的忧郁时而扰乱着心灵触须的延伸，牵绊着前行的脚步。

回到寝室，将身体置放到最自在的姿势，开始捧读《简单富足》。那一晚，读到什么时间是不知道的，一觉醒来，书还抱在胸前，又接着翻……

并不是什么书都适合读，也不一定适合什么心情读。《简单富足》，在30岁生日之夜拥其入梦，而无须寻求另外的什么来填充心灵，借此，是否可以让一颗简单的心转换为富足？

过了生日，长了一岁，好像也长了一智。

看海去

一度，一个声音在我耳边久久盘桓——

看海去，看海去，看海去……似低语，似呼唤，让人寝食难安。

拂晓，还在似睡非醒的混沌中，就有海鸥的影像徘徊盘旋，飞去又归来。尤其在闲暇的静寂里，海的讯息穿堂风般时不时从心间忽悠而过，那些细碎的、关于海的记忆就逐渐着色：潮落过后捡拾的贝壳，写生者沙滩上支起的画夹，第一次面对海浪时心的悸动……

还有，黄昏里那被夕阳的余晖镀金了的海面。粼粼的、闪闪地，跃动着涌向远处，赶潮人还没有触到它消退的声息，使早已遁去，邈远得让人的思维没了方向。

看着自己从前拍得一帧帧照片，戏水的、雀跃的、冲浪的，泳装华丽，造型夸张。那时的我是那般的光鲜，青春喧嚣得如此炫目……

> 好久没有海的消息了
> 贝壳都已缄默了
> 我还能说些什么……

真想扑进大海的怀抱啊！

我去了。像探望一位久未谋面的老朋友，打了赤脚，一步步走进水深处，任海浪哗哗地拍击，看粉末状的水屑四下里飞溅。人，整个地交给海了。

累了，静静地躺在松软的沙滩上，听潮来潮往，天宽地阔。岸上，散淡的街灯兀自摇曳着，清凉的月光朦胧了一切……自有一股沉静浸溶，一种暖意蔓延心间。

其实，大抵这世上的一切，不过都在瞬间。

日月流沙

记不清这段时间里，已有多少次这样夜半醒来，清楚地在黑暗里眨着眼睛，听着自己的心跳……

周际空旷寂然，时空是那般辽远，单瘦的身架像漂浮的尘埃，缥缈地游弋着。

不远处，有音乐在低低地回旋，像打泼了的水，与黑混融着，四下里漫散开去。夜，便有了声音和内容，有了一种填充和扩张。一只蝶在飞舞，忽闪着透明的双翼，穿梭往来，在织一只茧。像一汪不断被渲染着的墨迹，茧壁一层层厚了，形象具体地构筑成椭圆状，那只美丽的蝶儿躲匿进去了。这一生命状态的选取，是一个结了扣的谜吗？谜底是什么？

无边际的黑，像大漠里的沙丘，一寸寸，一寸寸地，掩埋了我的肌体，使我的胳膊与双腿真的感到了垒码般的压力，沉重而僵硬。

大海，涌动着波涛，翻卷着浪花，来了，去了！来了，去了……真愿自己就是一粒沙砾呀！随潮来，随潮往，只在悄悄的月下，肯有一个人，听我低低的私语，看我轻缓的脚步追绕着他的身影，温润他的思绪，给他一份湿透灵魂的美丽。

看到了夕阳晚照下，金色的沙漠里突兀着的仙人掌；无垠的戈壁滩上挺拔着的白杨树；水天相接处远去的帆影；一个个驿站，火车怎不肯多做停留？

　　思维在暗夜里陷落，陷落……

　　我，一个背裹着简单行囊与向往，四处流浪的歌者，脚步在丈量，日月在延长。哪里，是我心灵的故乡？

　　风从来处来，云往去处去，唯有精神在苦泅……

天光云影共徘徊

大海无垠，水也滔滔，浪也滔滔……

在崂山脚下的临海断崖处，仁立着一尊近20米高的天然奇石。这奇石，极像一位老者在凝神远眺，苦思冥想。那形态，惟妙惟肖，栩栩如生，人称"石老人"。相传，石老人原是一个勤劳善良的渔夫，与聪慧美丽的女儿相依为命。不料，有一天女儿突然被抢进龙宫，可怜的老渔夫在海边日呼夜唤，望眼欲穿。年复一年，渐渐地，身体幻化成石……

晨迎朝阳，暮送晚霞，石老人伴着潮起潮落，不知度过了多少岁月……而今，这尊由大自然鬼斧神工雕琢而成的艺术杰作，已成为旅游度假区的标志，在这造化灵秀的山海之间，坐落着因石闻名的石老人观光园。

北倚青峰，东屏崂山，山海相依，云水相接。观光园中，遗迹仙踪、现代文明、生态群落、人文景观……浑然天成，风光无限！步入园内，满山的层峦叠翠，满目的密林绿野，俨然走进了天然氧吧。尤其那一片树龄之久、国内罕见的青桐树，更令人心向往之！

《诗经》云："凤凰鸣矣，于彼山冈。梧桐生矣，于彼朝阳。"在古人眼里，桐，是能引来凤凰的神木。郁郁葱葱的青桐林，给观光园蒙上了一层神秘的色彩……

这棵冠盖十余米的大树祖，暗褐色的枝干如虬龙般苍劲。据说，许下愿望，抚摸着树干绕行一圈，就能得到幸运女神的眷顾，便会时来运转呢！你看，登山道上，人来人往，络绎不绝，吸引了这么多的游客前来亲近她！

园内有两条登山道。青石板的阶梯掩映在灌木丛中，路随山转，景随路易，曲径通幽……活脱脱一条艺术长廊！若不愿意攀缘山路，那就溯溪而上。溪，是花溪。各种各样的奇花异草一丛丛，一簇簇，一片片，蜿蜒贯穿整个园子。黄的招摇，粉的圣洁，红的浓烈！每一片瓣儿，每一朵花儿都极尽所能地绽放着生命的喧哗与美丽。那意境，怎一个绚烂了得！

这就是令年轻人向往的情依林了。这两棵传说中一对神仙眷侣在金龟石上栽下种的、被喻为"天长地久"的橡树，已经有一万年了！

一万年了，就这样根连着根，枝缠着枝挺立在这里。海风吹，海浪打，越发苍劲！两心相悦，两情相依，天长地久……多少情侣在林子里留下甜美的情影，多少恋人在林子里留下深情的回忆。

走在悬空栈上，一边是漫山的青翠，一边是满眼的蔚蓝；云雀高啼，海浪低语……真乃神山圣水，天上人间！越走，越是要被这脚下雕梁画栋的亭台楼阁而迷惑了：什么会仙亭、渡仙坊、聚仙殿，星罗棋布。目之所及，皆是神仙仁士们遁形隐身之居所，真正是人间仙境呢！

登临悬空栈塔顶，极目远眺。西边，是霓虹绚丽的繁华市区；东边，是险峻雄壮的崎旎崂峰；西南方向，就是湛蓝无垠、惊涛拍岸的浮山湾了。自举世瞩目的 29 届奥运会帆船赛在青岛举行后，克利伯帆船赛、沃尔沃帆船赛、美洲杯帆船赛等，许多国际赛事接踵而至。"帆船之都"的效应集聚显现！

瞧，海面上，白帆点点，若隐若现……

微风徐起，送来了阵阵醉人的清香。哦，看到了，半山腰上那绿云般的茶园。这便是茶香了。观光园里的茶树，吸纳了山与海的氤氲，聚集了天地间的精华，每一片叶子都积郁了奇异的芬芳，直沁心脾！

沿茶园拾级而上，在高高的石崖旁有一个茶居。进得茶居，随意找个石桌落座。树荫下，闲翻着书，待采茶姑娘煮好极品"崂山绿"，凭海临风，慢慢啜饮，但觉天人合一，物我两忘。一时间，茶味书味，味味一味……人没到逍遥谷，已然做逍遥游了。

山不在高，有仙则灵。瞧，逍遥谷中卧龙涧上的文武阁，烟火缭绕，好不热闹！眼下，不光是祈福还愿的善男信女常来这里，谋求事业发展的年轻人、怀揣美好念想的外国友人，也会不时地寻到此处，虔诚地敬上几炷香，文武桥上走一走，以祈得个文武双赢的好前景呢……

那散落在隐逸山庄的一座座休闲木屋，更像是一阕阕都市牧歌了。不敢奢望隐逸于此，只期盼能栖息一日呢，昼沐海风，夜枕潮汐；朝闻莺燕啾啾，暮观星汉灿灿；天光云影共徘徊，青灯黄卷孤自享……那该是多么的惬意、诗意啊。正可谓山中一宵，世上千年！

大自然将巍峨的山赐给她，她有了山的雄浑。

大自然把灵动的海赐给她，她有了海的博大。

这个以参与性农技、农俗、农神和人文环境为载体的主题公园，展现了传统文化内涵，打造了特色休闲空间，彰显着簇新的时尚理念和审美价值。

现代都市，山海园林。神山圣水，天上人间！

曾遇到过谁

时时想到你，是我回归的等候。

希望你在我身边，握着我的手，哪怕只是简单的送行，那我面对前路，将会有一份心底的从容。

在这个过程里，担心你不能明白我的忧虑，像一只飞虫儿，在阳光下，在清风里，歌唱、飞舞。想撞蛛网，想被牢牢地粘住，想那么美丽、那么义无反顾并心存感激地被俘……

一直向往静好、美丽的温情，一直渴望拥有今生今世不相忘怀的爱人，一直期盼将来营建的小窝儿能让灵魂得到归属。

当你受挫后在我面前卸去所有伪装，无所顾忌地显出你的脆弱与无助，是怎样地震动了我。我真切的期望自己能是一束光亮，可以照耀你的心房，慰抚你的忧伤。以我柔弱的臂膀，让你生发勇气、力量。但我们却谁都没能在这恰好的时间恰好地把握，错过了该意会的时刻，却要在回首时才自问，自责……

人在旅途，也就是寻一份相互扶持与依靠吧？

有谁不在心底向往一份真实的情感？

美丽的尽管美丽，忧伤的却也忧伤着。活着的不易，就是面临太多太多的不能直抵结局。不想要的要来，想要的真来了却使人踌躇。

有谁能告诉我，什么才是真正的需要？把握到何种程度才算最佳？一切原是找不到理论依据的，又不见得执着珍惜就注定会恒久美好。

与爱情撞车，细细想，很费了一番周折。

也就在今夜才明白，最好的姿态该是随遇而安。真爱或许真的就是亘古以来没有人能够阐述明白，只是，它延伸了人们对生命的理解……

午夜梦回，谁又曾遇到过谁？

来自对面的观照

文痴　文光

与郑文光老师交往有年。

想始自二十余载前，其时我在外地一家媒体工作，即为郑老师刊登作品。后调家乡报社，以至今日所供职期刊，此间郑老师不断来稿，我亦不拂其苦心，见稿必有回音，七曜日内，往复数四。既其与之熟稔，郑老师遂辄至报社盘桓，移船必自访戴，清谈犹未误国，娓娓音声，室有余馥。

文光老师幼秉家学，十分勤苦，自立自勉，渊源上古。初，郑老师系为研自然科学者。壮岁时肄业于山东水专，专攻海洋生物。学成后，中罹忧患，被推被挽，而不愿荒废自身，唯得学习文艺。此诚为谋事在人，而成事在天。古人云，文藻得江山之助，即此之谓。

在昔辛幼安，原为一介武夫，中年突显词才，经济无名，而情彩有加；暮年则岑寥至甚，虽有花柳林泉，而未可解颐半缕。而陆放翁则素怀齐家、治国、平天下之志，骏马轻裘成都花，冰瓯雪碗建溪茶。而终起"此身合是诗人未？"之叹，而只得僵卧孤村不自哀矣！先之贤哲，亦何尝不如此！隆污天定，自古皆然。

郑文光老师虽未如其夙愿，而诗词文章已达通审之化境，堪称炉火纯青。当代著名学者艺术大师范曾先生，读其诗文，拍案而震落花，口称佳美，喻为"惊风雨而泣鬼神"，遂以《南通范氏诗文世家》二十一巨册相馈赠。人生得一知音，亦已足矣！故而文光老师着人制一印"范曾知我"。

当代杰出语言学家王力先生，宫墙万仞，而文光老师劲气摩其营垒，入室登堂，实为不易。如郑老师将有"桐荫绿到心"句一章，奉上王力先生斧正，王力将"荫"字改为"阴"字。其初，郑老师莫名惊诧，此后查韵书，方知"荫"字宋代《集韵》始为平声，作诗应宗唐，《唐韵》则属仄声。王力先生治学如此谨严，光鉴豪芒。此作风亦影响郑文光老师，"一饭未曾留俗客，数篇今见古人诗"，乃文光老师座右铭。

文光老师虽已种豆收瓜，却也斐然成章，事绩卓尔，今得诗词15000余首，散文数百篇，故而王力先生有诗赞曰：植根贫土瓦盆中，带紫兼朱别样红，久驻朱颜三月阅，抗颜厉色对西风。而号称"江南第一才子"的苏渊雷教授，致文光老师诗曰：赫赫图腾真不忝，中华龙种有传人。直谓乃中华文明之继承人！上海师大教授曹旭评文光老师为"诗坛怪杰"。中山大学王季思教授当代元曲研究专家，言文光老师《诗词改革漫画》饶有新意；而畜之为"长留双眼看春星"；又为文光老师颜额书斋为"春星书室"四个大字。更有原中国书协主席启功先生七十七寿诞时，文光老师制艺七十七首，为之祝寿，启功先生欣喜之余，挥毫为文光老师书幅：鲸鱼碧海诗才富，凤羽丹林赋笔奇。诗书合璧，堪称至宝。

文光老师述作等身，汗牛充栋，又有桃李满天，高足盈堂，虽已入耳顺之年，然仍孜孜矻矻，终日乾乾而不倦。逝者如斯，不舍昼夜！世间百味，悲欢哀乐，文章得失，其中三昧，不无饱尝。

文光老师两岁失慈，茕茕独立，幸遇贵人，适逢伯乐，始不负其才，此乃偶然也；然而文光老师泥途奋勉，半世纪如一日，废寝忘食，学富五车，不惮世之不用，此又必然也。人生偶然又必然，甚矣！

郑文光老师近年又与湛山佛学院山长明哲大师来往甚频。文光老师呈法师句云：何日名蓝再拜来？明哲大法师遂赐偈曰：不离当下无去来。即六祖禅师之意：若得真如，离我如同在身边；若不得真如，在我身边，如同离我而去。如是云从大师加修佛学，戒定慧力；为学日益，而为道日损；净心修身，驱除杂念，品德归厚，与世无争，以达弘一大师之"三层楼"说。

人生如此，不亦富足乎？庄严国土，利乐有情！

锐者 锐强

锐强姓张。居住胶州。胶州是个小城市。锐强每天步行穿过整个城市去单位上班。一个脚步可以贯穿的城市不知道在锐强灵魂的地图上有多大。

在我关注的作家中，有两个人一直致力于小城市的书写。这两个人，一个是李樯，一个是张锐强。他们互不相识，但却有很多共同点：一，年龄相近；二，都来自河南的小城市，李樯是南阳人，锐强是信阳人；三，他们在相同的时间引起大家的关注，李樯编剧的电影《孔雀》和《姨妈的后现代生活》已成为中国电影的重要作品，锐强的一系列小说也引起了文坛的好评。

我将这样两个人一起提出，是想提请大家注意，不显山不露水的中小城市正在从书写的意义中凸凹出自己的轮廓。而今天我要提及的锐强的小说，正是与这些中小城市形成了犬牙交错的互文关系。

提及锐强的小说，应该先提及他的身份。身份对于普通人来说只是生活的背景，而对于一个小说家来说可能就是他灵魂的秘密和写作的源头。关于锐强的身份，他自己有一个准确的描述：我这人点子一直很背，在文凭明码标价时拿到学位，在军人不再是最可爱的人时穿上军装，在转业干部不受欢迎时退役，在文学殿堂门前冷落时开始写小说。

这是锐强在一篇随笔中对自己身份的描述，里面不无调侃，但却大致地勾勒了锐强的生活图景。但锐强还忽略掉了某些对于他身份更重要的东西，比如他目前所居住的城市胶州，这是一个沿海的县级市，有些偏僻，还有些开放。这样的小城市在祖国大地上星罗棋布。

李樯是这样来描述中小城市的：市中心有条主要街道，全部的繁华聚集于此。平日逛街，主要逛这条街。随便哪天在这条街上都要碰到熟人。城市小，三拐两拐都能认识。市里有两三家电影院，兼演一些江湖野班的歌舞、地方戏曲。几家工厂、邮局，医院和百货商店。中小学校分布在市各处，近郊有座沉默的军营。这城市肯定还有一座公园，都爱叫人民公园。里面没啥景致，可每个人小时候都在里面玩过。就这样的小城市，足够人们从事他们精神文明与物质文明的生活了。多数人风平浪静地在此度过一生，颐养天年。这城市啥都有，只少点希望和爱情。可这两样东西不是每个人都想拥有或可以拥有的。生活最重要，那是另外两码事，是闲事。这样的城市，在白天人群鼎盛的时候，有一种苟且偷欢的气息。夜晚或是雨雪天气，人迹稀少，城市荒芜起来，就有那种劫后余生的景象。很多人在这样的小城市成长，然后离开。这样的城市，总有一种无法诉说的感慨，就像是无数流落民间的技艺之人，在他们当中有着劳苦无常的命运的证据，不被诉说的沉寂衰败的时光。

　　之所以花这么大的力气来描述李樯、锐强所居住的小城市，是因为我认为他们写作的全部秘密就在于此，他们尴尬的身份与这个小城的自足气息形成了写作的动力和原因。

　　但锐强早期的小说与生活并没有拉开一定的距离，那个时候他着迷于对生活的揭示和表达。最为典型的《招聘》，几乎是翻版了真实的生活，这一部中篇被很多当年的畅销书籍收入但却并没有成为锐强小说的重要作品，这也客观地说明了它内容上的纪录性和技艺上的简陋。之后的很多小说，锐强都没有摆脱"生活"的影子。这应该归咎于锐强出手太快的原因，这也许与他以前写随笔和邮市评论有着莫大的关系。

　　无法确认锐强是什么时候开始书写"劳苦无常的命运的证据"和"不被诉说的沉寂衰败的时光"的，但他却以三分球入筐的优美弧线一样开始了他的转变。2004年的时候，锐强捧出了他的《枪王》。这一"枪"让所有人眼前一亮。锐强在这部中篇中与当下的生活拉开了相当的距离，他不再着迷于生活的表象，而是通过对生活的渗透，汲取和过滤更高层面上的意义。这是从生活意识到生命意识的升华。

　　与此同时，锐强的一系列小说粉墨登场，占据了大小杂志的版面。但我认为，这不是锐强的胜利，这是"小城市"的胜利，在宏大写作、身体写作、皮肤叙述、人体器官写作之外，应该而且必须应该有"小城市"的叙述。这才是一个民族更为广大的生存图景。

　　2006年，锐强捧出了《在丰镇的大街上号啕痛哭》。这一浸透着血和灵魂的小说充满了力量和速度，但终于却陷入了孤独。在《人民文学》发表后，这部中篇并没有被引起相应的注意。无论是评论家，还是读者，都对这部小说表示了沉默。时代的真相已被遮蔽。人民在全民娱乐的狂欢中关闭了所有心灵的出口。

这是锐强的幸与不幸。幸是背过身去，面对自己的内心写作。不幸是锐强目前无法找到需要这些文字的眼睛和心灵。

但无论幸与不幸，写作都是锐强的宿命。他注定在每天贯穿一座小城市的时候，也贯穿自己灵魂的地图。在那座地图上，锐强的疆域正慢慢拓展，在那里面的山河和人民，都拥有锐强签署的心灵身份证。

锐强目前的写作，还有些孤单，大部分的书写者还在酒吧、上海、北京这些词汇之间流浪。而锐强已经找到了自己的领地，他在山东胶州某座楼房里某个房间的写作才刚刚开始。每天晚上8点，他深吸一口气，打开电脑，轻微的敲击键盘的声音就慢慢但却坚定地弥漫开来。

傲梅　晋梅

兰晋梅，《青海湖》下半月刊主编。人雅如兰，文质若梅。在文友圈中，既有侠士风范，又颇女儿情长。

那年，《胶州文学》停刊，她四处摇唇鼓舌，举旗呐喊，认为胶州的文学阵地不能丢。也多亏她，凭着一股子不服输的锐气，只身西行，远赴西部高原，与青海省文联达成共识，促成了与《青海湖》联袂办刊。

创刊伊始，困难重重。一没编制，二没资金，三没办公场所，更有，许许多多的未知劫数……但大家坚信，她能做好。如今，3年过去了，《青海湖》下半月刊出刊了20余期，仅发省内外作者的作品就达80余万字！兰晋梅，她没有辜负自己的名字。兰风梅骨，若兰似梅。在人生的大舞台上，演绎着通向成功之路的一个女性文人的角色。

胶州，自古即人文圣地。尤其是20世纪以后，有相当一些作家、诗人活跃在全国的文坛上，这无疑得益于早期的《胶州文学》和眼下的《青海湖》。至少有这么一个平台，为胶州乃至山东的作者及文学爱好者们提供了一个广阔的空间和施展才能的阶梯。

特别在新时期，胶州更是因《青海湖》下半月刊，吸引得四面八方的文朋诗友心仪这一片文学的天空。近几年里，不少文学艺术界的名流光临大驾，使古城蓬荜生辉。先后来访的有青海省作协主席董生龙、山东省作协副主席王兆山、青岛市作协主席郑建华、著名作家有令峻、诗人卞奎等，就山东省作协主席张炜，中国散文学会副会长王宗仁也多次来信、来稿给予支持。墙里开花墙外香，也不尽然，这花也引起了现任胶州市委书记祝华同志的呵护，在全市庆祝中国共产党成立 88 周年大会上，祝华号召全市党员干部"多读一读、看一看这本作品水平还是很高"的胶州本土刊物——《青海湖》下半月刊。

在物欲横流人心浮躁的当下，能心静如水坚守文学这片净土，架构一方思想纯粹的精神家园的人，可谓寥若晨星，而兰晋梅做到了。凭着对文学的挚爱，她坚强地一路走了过来，3 年间，作者圈和读者群波及全国 30 多个省市，使《青海湖》下半月刊越办越耐读，越办越精湛。

作为一个县级市，创办这么一份省级刊物实属不易，而且办得风生水起，有声有色，这在全国怕也是不多见的。难怪中国作协名誉副主席、原文化部部长王蒙为刊物题写刊名和题词。

兰晋梅始终信奉著名作家陈忠实的那句名言"文学依然神圣"。就是缘于这份对文学的挚爱，她宁愿舍弃厚薪高职，毫不犹豫地挑起了《青海湖》这副重担。正是缘于这种爱，十几年如一日，晋梅固守着文学这棵常青树，为她施肥为她浇水为她剪枝"衣带渐宽终不悔"，让文学艺术的琼浆玉液滋润着作者、读者的精神高地。青年时代的文学梦一直引领着她，使她在喧嚣的都市红尘中固守着书桌的一角，痛并快乐着，快乐并幸福着，用美丽的方块字伴着窗口无眠的灯光，忍受着不能承受的生命之轻或之重……

晋梅曾在一家工厂干过很长一段时间，一人身兼总务科长和办公室主任两职，整日忙得不可开交。但她一直笔耕不辍，时有作品发表。每每来了样刊样报，她从不作声，往抽屉里一锁了事。这些尘封起来的东西，整整集了3纸箱子。她出版的作品集《超越自我》，好评如潮；在《中国妇女报》、《中华商界》、《青岛日报》等报刊发表的散文、小说、报告文学等屡屡获奖。

在家庭中，晋梅是婆家和娘家的顶梁柱。父母亲病了，她送医院，张罗兄妹们轮流陪护；公公婆婆有什么需要了，不找自己的儿女，就爱找她这个儿媳，她是逢找必应，每应必果。丈夫开着一家广告公司，曾多次对她说："我们一起来干，凭你的努力和关系，一年挣个三四十万很简单！"。但她总是摇头，让丈夫也没了脾气。

三个女人一台戏，是陈年旧话了。在《青海湖》编辑部里，有七八个女编辑，按说，还不唱起大戏了！可晋梅这个人，骨子里有一种亲和力和凝聚力，大气，豪爽，能用人之长，容人之短，小小编辑部，人尽其力，文尽其精，各尽其才，这也是我颇为欣赏她的地方。我去过她的编辑部小坐，这些娘子军们，个个惊艳夺目，她们牢牢抱成团儿，簇拥在晋梅的周围，默默奉献自己的聪明才智，不计报酬与得失。就是凭着这么一股子心气儿，这么一种不服输的精气神儿，成就了胶州文学的繁荣昌盛，也使胶州的美女作家群成为一种现象，引起外界关注的目光。

晋梅做事拼命，就像上足发条的一只闹钟，一刻也不停息。她编稿，驰笔千里，点石成金；搞外联，春风满面，激情无限，不经意间所要达到的目的迎刃而解，哪怕是很棘手的问题；跑赞助又像一台加满油的机器，高速运转，锲而不舍。不这样行吗？不这样，能有一册一册的《青海湖》变成人们手中的精神食粮？为此，她累病过，倒下过，但累过哭过之后，却更加坚强。她的这种乐观豁达的性格，直率随和的性情，构成了她坚韧不拔的人生写照，影响和感染着她身边的兄弟姐妹，感染着编辑部这个团队。

时光荏苒，白驹过隙。转眼间，晋梅跨进了中年的门槛。窗外景色转换，唯一不变的，是她心中那团熊熊燃烧的文学之火，是她胸中那面猎猎飞扬的文学旗帜。历经千难万苦，诉说不尽的，依然是无怨无悔，依然是那份对文学的执着与追求。晋梅读书涉及的面宽，尤其钟情于历史经典、哲学经典、伦理道德经典等。受这些经典名著的熏染，她的思维穿越历史，笔触跨越时空，创作了许多小说、散文、报告文学，自成一家风景。今年胶州市作协换届，她被推选为副主席的同时加入了中国散文学会，还被吸纳为山东省作家协会会员。

在我的眼里，晋梅犹如一泓清澈透明的泉水，从高天飞流直下，欢快地跳跃，奔涌，涤荡出一缕天地真气。这飞溅着的浪花，淌过砾石，流经险滩，与山花微笑和青草交谈跟岩石拥抱，蜿蜒流淌在她眷恋着的这片乡土间。激荡生活赋予她的发自内心深处的那份震颤和感悟。她不畏任重，不惧道远，一路崎岖，一路欢歌……

是的，只有经过岁月的磨砺才会更加的甘醇清冽，历久弥新。

相信，在未来的日子里，兰晋梅会更加笃定、从容而不失朝气。随岁月渐深，她和她的《青海湖》下半月刊，一定会百尺竿头，更上层楼。

前卫 卫平

王卫平擅于花鸟，能工善写，外师造化，中得心源；春风春水，秋月秋虫，经其洗练概括，应物象形，随类敷彩，发乎情而止乎理；静观默察，烂熟于心，凝思结想，一挥而成就之！

卫平祖籍天府之国，出生于胶邑繁华之地。文藻得江山之助，"扬州八怪"之一高凤翰，著名书画大师法若真，乾隆帝宠臣冷枚诸钜公，不胜枚举，若星汉灿烂，皆出其里。卫平自童稚时则受此浓厚传统文化之熏沐，拳石频移，聚成泰岱，兹乃其艺术造诣之铺垫，爰达今日之山巅也。1983 年卫平考入山东轻工美校，数载寒窗，名师门下指点，于六法、十八描诸技术及外洋拜占庭、伦勃朗等风格、思想，皆有修养涉猎，为此其基本功坚固，稳健而妥帖；庖丁之目，不见全牛。

纵观卫平之作，于酣畅淋漓中，饱蕴标新立异之习；万野云烟以见涵春风得意之色；一抹浓墨，数笔鹅黄，则栩栩如生。细绎卫平之画，意境开阔，格调明朗；就情趣而言，不尚平淡空寂、萧散疏简，更非热衷于小光小景，而追求境界恢奇幽邈，其意象充实盈满，笔间奔放而不浮率，用墨沉厚而不浊浑；明艳春山，气韵生动旷远，林泉高致，如历亲境。尤其对花鸟画之经营位置、传移摹写，苦心孤诣，忖度非凡。

艺术作品，间言以蔽，不外乎"言、象、意"。此三者，构成多层次结缔之有机整体。优秀之作，其格调与境界必以艺术语言以表达。卫平之画，之所以能表达其内心朴素、真诚，"言"乃其重要端倪也。

与笔墨攸关重要者，唯"线"而已，西人亦重此技，"素描"即其基础之一项；而石涛大师云之"一画"，即老子书"道生一"之说。卫平用线乃是其匠心独运，合乎圣贤经传，于线条自身质量以及线与物象之关捩机制，运行之韵律，均能超优把握，厚积薄发，信步徐行，从容不迫，体现出"意与美"、"律与调"之协和，融洽各类艺术精华，以铸成其刚健、清新之面貌，氤氲于万化之中；阴阳燮理，徒情变性，而臻至作者"意"之目的。

郑文光老师以先哲顾恺之诗句总括卫平其艺术："春水四泽，夏云奇峰，秋月扬辉，冬岭孤松。"而我认为宋代大师东坡先生评西湖之美，状卫平之丹青事业，则更中肯——"淡妆浓抹总相宜"。

近年来，卫平多言优游，遍阅名山大川；入西藏、上庐山；洞庭赏月，杭郡观潮，致使灵气入于心，而神采飞且扬。所到之处造访诸方家、学者，互相激励磨砻，其笔墨老辣、干练，多因如此。以卫平不惑之年，获此造就，实为难能可贵矣。

卫平成绩斐然，美花好鸟皆为文章：参加由中国美协举办大型画展20余次，山东电视台、《美术》、《书与画》、《美术大观》等媒体、刊物均专题介绍。五六年间有两本专著问世。著名美术评论家邵大箴、著名书法家王镛分别为其画集作序或题字。2005年被天津画院聘为签约专职画家。2006年入选全国中国画百家。现为中国美术家协会会员。

而今卫平述作正当盛年，既不仰眼看天，亦弗低头听水，只谨慎其双双脚步，一步步打着深深的印痕于泥土之上。正如西方哲学家黑格尔《美学》中云：一介旅人，带着乡愁，做着怀乡之梦，亦步亦趋，走向其美妙家园。

此即谓：不断攀登，奔赴光辉顶点。

石顽　高石

高石欲将近年篆刻作品结集成《叵斋印稿选集》出版，嘱余为序，遂欣然为之。

高石，字师之，号胤园、叵斋，与南阜先生系同乡同族。其自孩提时即痴迷绘事，于乡间蛰居，遍寻名师不得，取《西游记》、《红楼梦》绣像临摹，敷以色彩，装订成册，人遍传看，以为彩色印刷品，是时方十余岁。及长，负笈济南，得识著名书画家黑伯龙、张彦青、王仲武诸先生，分别拜师学绘画、书法、篆刻，其间尤以王仲武先生教授时间最长，使其受益良多，至今感念不忘。及毕业分配回胶州工作，业余孜孜不倦，每夜至12时不眠，翌晨不明即起，冷水沃面，课书习刻。期间幸得拜郑文光先生为师，学诗古文辞，用10年工，其诗文承郑先生之脉，或沉郁顿挫、或清朗爽快，迄今得三百余首，订成《叵斋印稿选集》3卷。

据吾看来，高石于篆刻一道用功最深。曾取秦汉印谱数十卷，临摹印章数百方，自是技业日进，而复上追古玺，下探明清诸流派，于"西泠印派"及高南阜、邓石如、吴昌硕诸大家用功尤勤，逐渐形成刚劲婀娜、跌宕开阔风格，获南北艺术家认可。30岁后，高石书法篆刻创作渐露头角，于历届国家级书法篆刻展览中频频参展获奖，不胜枚举。2001年被吸收为中国书法家协会会员，2002年，赴澳大利亚东方艺术中心展览，轰动一时。因其成绩斐然，为山东书法家协会荐拔为省篆刻艺术委员会委员。近年，其篆刻创作又转入新境界，将诗文、绘画、雕刻等数门艺术融入印章制作。印面之外，或赋诗或撰文，或雕山水人物、瓜果草虫，无不栩栩如生，使冰冷之石化为活泼生命，遍体可玩可赏、可体味可感悟，观者叹绝。所示"尚在人间刻石头"一印，便是佳构。该印以汉印斑斓法为之，刀法亦切亦冲，颇具沉雄朴拙之姿，亦得潇洒烂漫之趣。余兴未尽，印侧又刻其诗作："衣马轻肥压五侯，少年同学竞风流；报君万里频搜问，尚在人间刻石头。"此更以刀代笔，戛然有声，辅以奇倔洒脱之诗句，意趣沛然。刻石之余，其又擅刻砖、刻瓦、刻南瓜蒂，每于荒郊野外，捡拾秦砖汉瓦携之归，揣摩古意，施之椎凿，所刻有竟数尺大者，每一展出辄观者甚众，人争奇之。高石篆刻创作累20余年，计刻印三千余方，成《巨斋印稿》三十余卷，今选部分精品出版，其为学之勤奋与作品之渊雅，读者明鉴，自不待赘言矣。

高石性豪爽，任交游，常聚友于其胤园，于吟诗、习字、治印、绘画、品茗之余，创办《胶西引缘》，迄今已历八载，近40期，记录众艺友之生存状态与真情感悟，报风亦如其诗人般优雅与浪漫，于山东乃至全国颇具声名，由此而又与同道组建凤翰印社，自任副社长兼秘书长，策划操作，略无闲日。

近年高石复专心于高凤翰艺术研究，不辞辛劳，自全国各地收集大量资料，撰写系列文章，成果崭新。欣闻近来调入政协文史部门公干，研究胶州历史文化，并参与《高凤翰全集》之整理编辑，终可潜心于学术矣。

可谓人尽其才，天之幸事。

回望青春高地

1. 天之涯。

天之涯

海之角

知己半零落……

回望青春高地，生命的篱墙上，往事如茑萝般生动地攀缘着，鲜亮着……

2. 世事喧嚣，韶华渐逝……

常常想，这些年来，支撑着前行我的动力是什么呢？无外乎罗素所称的三种单纯而又强烈的激情：对爱的渴望，对知识的探求，对人类苦难痛彻肺腑的怜悯。的确。

3. 斗转星移，白云如苍狗变幻。

前不久，去烟台开会。车行高速路上，远远望见曾经做工的那个小镇，却不见了那家工厂。据说早已被兼并转产，夷为平地了。

真可谓青春有忆，岁月无痕啊！

4. 而立之年。

在别人看来，可谓我的幸运年：升职、分房、结婚生子且有幸进高校深造。

在青岛读书的 3 年，可以说是我生命里最无助、最艰难的一段。学的是经贸专业，为日后申报职称考虑，又不得不择校选修新闻。如此，每天天不亮即起床，做好一家人的饭菜便往学校赶。一天的课程下来，晚上再匆匆跑去青大读两个课时中文，然后乘车返回市北区的婆家——老人已累了一天，爱人在百里外我们供职的小城，孩子吃喝拉撒攒了一大堆的活儿，舍我其谁？

就这样，日复一日，周而复始。最不堪的是考试阶段，这科那科、此校彼校、白天黑夜……整个人东奔西突，心力交瘁。有好几次，车到终点，我在座位上睡了过去……

5. 陆续地，开始有文字见诸报刊。

陆续地，亦有文章开始获奖……

终于，在加入省作家协会不久，调进了报社。自此，跑基层，泡会场；编版面，搞策划……风风火火玩儿命地干。曾经，采访途中遇车祸，摔折过胳膊；驻村子里连夜赶稿，家中失盗；随团赴西藏报道，差点儿丢掉性命……

6. 青春是一道明媚的忧伤。

两年后，为着一只铁饭碗，知青们纷纷撤退，溃不成军。我被招进一家近乎手工作坊的草艺品厂，在距离县城极偏远的一乡镇上。小镇的文明程度、生活条件远不如我们插队的村庄。每日里，码着沉重的麦秸、蒲草，听着工友们粗俗的陋言俚语，痛苦无比，最大的奢望就是能在车间当一统计员。

有道是不能选择生活，却可以选择生活方式；不能选择生命，却可以选择生命状态。为了给痛一个去处，更为改变生存环境，工余时间我拼命读书，练习写作。然而，稿件从小镇邮局向四面八方投出去，隔一段时间，又像鸟儿归巢一样从东南西北飞回来。面对成扎的退稿和众人的讥讽，我摇摇头，依旧写个不停……

7. 长亭外。

长亭外

古道边

芳草碧连天……

骊歌响起，又到五四——

当年走出校门，奔赴广阔天地接受贫下中农再教育，恰好也是五四青年节。那时真是年少力盛啊！60多斤的喷雾器背肩上一干就是一天。割麦子，地垄长得望不到边儿，挥舞镰刀，你追我赶。即使冬季也不得闲，背着筐子到处拣粪，抽空还给五保户挑水、搂柴火……那时，我们的偶像是邢燕子、侯隽，扎根农村，大有作为，浑身有使不完的劲儿！记得村支书找我填写入党志愿书时，低声道："你还差俩月才到18岁生日呢！"

江山有待

很多年了，很多时日，自己常是处于极度浮躁、焦灼状态的。尤其是随着新年钟声的响起，一颗桀骜的心更是野性地燃烧，遏制不住陷入新的、强烈的期待——

渴望行走，渴望身心的放逐……

这一段时间，我每晚的梦都非常奢华，有时候游历于荒无人迹的罗布泊，有时候跋涉在风霾弥漫的冰河雪国，有时候踯躅江南小镇，有时候迷失在西北大沙漠……

现代人，现代人生，是不可能像旧时宦海墨客那样我行我素随意挂印而去，像他们那样下亭漂泊高桥羁旅，醉泉偎云笑傲江湖……

——任凭行走的欲望像草一样疯长、蔓延，任凭上路的念头日夜萦绕、纠缠，人还是得在停留中生活。除了将一双眼睛更长久更专注地投向远方外，无奈又无助。然而，那些倚窗而立的日子，着实是不甘，不愿。

挚友怜我："古时武陵源，桃花开尽菜花开，令人心往神趋。现时，哪一处山林没染上红尘，即便走，你又能走向哪里？"朋友有所不知，在世俗喧闹的沉浮中寻找一处静谧，在城市嘈杂的煎熬中求得一份闲适，是多么的幸福啊！

行进中的自己是一个延伸的自己。一方面清晰地观望世道，一方面真实地思考人生，让荒芜的心灵注入大自然新鲜蓬勃的活力，让认知获得理性和感性的有机结合，更是生命的必需啊！

3年前，我曾去过藏北，在那个被称为"无人区"的草场待了一个多月。本想找一处马背上的小学长期游牧的，只是，在一场暴风雪袭来时住进了高山病防治医院……

第二年，省记协组织赴格尔木采风，背上行囊又去了。青海之旅远没有"藏地行"幸运，乘一辆越野车不停歇地赶，严重的高原缺氧导致头痛欲裂，牙龈出血，翻越祁连山冰大阪时，真以为自己不行了，给西藏的朋友发短信，朋友大为诧异："你怎么还敢来？上次没将命丢在这里，不甘心哪？"

"没办法，若不来，更不甘心！我会窒息而死的。"

我相信，每一个被钢筋水泥的楼房禁锢的躯体，每一份被刻板机械的规矩压抑的情感，都有着思想放飞、脚步放纵的强烈欲念。

常叹自己生不逢时。若在盛唐，我想，我定会是一个流着胡人血液的浪子，洒脱不羁，浪迹天涯……

爱人笑我："你就做白日梦吧！"

是吗？那么我虔诚地祈祷：今夜，就让我梦回唐朝！回到那个菊花、古剑和酒香的年代吧。约上三五知己，高歌狂饮，仗剑而行，啸傲烟霞……

真的，渴望行走、流浪的心绪无法言说，几成病态。

想去看寒星冷月，大千锦亮；

想去听梧桐细雨，稻香蛙鸣；

更想，种豆南山，采菊东篱，摇舟清溪……

学者何清涟曾阐述人生之旅：身在路上，心在路上，神在路上。他讲比如孔子，比如释迦牟尼，留给人类的是化育万物的慈爱，熔铸了一个民族的精神。谓之神在路上。

我们虽则小小百姓，深山大泽也罢，平坡宜人也罢，一路走来，亦不仅仅是单纯的鞋底叩击地面吧？

据报载，阿尔卑斯山的险峻处，立一标志牌，上写：慢慢走，请欣赏啊！

高山仰止，景行行止，虽不能至，心向往之……

不要问我为什么常将双目望向天际，因为我看到云朵流逸的痕迹。不要问我为什么总祈盼行走的生命形式，因为远方永远是我心灵的栖泊地。

人生一本书，尘世一江湖。

书在胸，心在天，梦在旅途……

江山有待，容我慢慢行来！

梦里飞花

有信自远方来——

"又是重阳日，相偕赋东篱？"

一纸短笺，就一句话，四周，却挨挨挤挤印满了淡蓝色的稚菊花。

欣赏着氤氲馥郁的雅简，我感叹，这，只有极具品位的精品屋才有，也只有极富浪漫情怀的涵子才会发现的啊！

看着笺上浅浅淡淡的野菊花，似闻到久远了的馨香，恍若隔世。一时间，心旌摇荡，不能自已……

涵子，是我曾经工作过的小城的电视节目主持人，聪慧，漂亮，蕙心兰质。未曾熟悉之前，用她的话说，我们俩一直是"相互审视"的。后来，电视台找我写一个专题片脚本，由她解说，获了奖，随之又有两次节庆歌舞晚会，我撰稿，她主持，非常成功。一下子，我们走近了，彼此发现对方是那么的中意自己。

因着职业的关系，我们俩都整日乱忙。又都已为人妻、人母，有着烦人的家事要做，平日不常见。但每到周末，总要聚一聚，尽情尽兴地聊个痛快。也有时，品着茶，什么都不说，只静静地坐一个下午或晚上。无语相对，心中亦觉无比熨帖。

欣慰拥有如此一知己，我曾写过一小文《周末有约》，刊发当地一杂志上，引来无数文友妒忌。

与涵子，我俩不仅是心灵上的契合，生活情趣亦有着绝对的一致。

在我们居住的小城北面，有一座山，叫作梨沟山。每当秋风起时，山坡、山坳开满了野菊花。每至花汛，我们总要到那里玩上一天，放牧心情，采集落英。

那是怎样的花的原野啊！山色如娥，花光如颊。岩石中，悬崖上，触目皆菊。一丛丛，一簇簇，率性而生，恣意铺陈，毫无章法地怒放着，张扬着。每一片叶，每一枚瓣都极尽空间地渲染着自己的生命与美丽，教人生出无限敬意。

每每走近梨沟，与菊为伴，总有诗意萦绕心怀，撞击胸间。归来，满载的都不仅仅是菊花。

有一年，禁不住我们的鼓动，两个家庭倾巢出动赏菊，采菊。不料，到了那里，两位先生大致浏览了一下，扔下句："吹得太玄！"便牵了孩子朝树荫下走去。

临近中午，我和涵子返回"营地"开饭，只见二位兵马杀得正紧，两个孩子手上、身上沾满了泥巴、草屑。"哗！"涵子一把掀翻棋盘，以示抗议！而两人一看我们那点可怜的收获，反唇相讥："好吃懒做的婆娘耶……"

野炊后，他们自告奋勇采菊去，留下我们看孩子。嗬，第二首儿歌未及教会，两人挑着担子回来了。"天哪！你们……"涵子像电视上常见的镜头，夸张地瞠目结舌，耸肩摊臂。

"怎么样，多快好省吧？借了老乡的镰刀刈的呢！"两人得意扬扬。

涵子跑上前去抱住菊捆儿，眼睛含满了泪水："刈菊！你们，怎能这般残酷！"我轻轻抚娑着那些花朵，亦是心痛不已。气得我家先生骂道："一对傻瓜！"

那一年，我将上好的花儿晒腌菊茶，缝制菊枕，送了许多人情。就连碎茎儿也没舍得扔掉，装入纸袋，放置暖气片上，整个冬天，居室里都弥漫着淡淡的菊香……

最喜寂然无声的雪夜，一灯如豆，依枕拥衾，捧一杯热气腾腾的菊花茶，读田牧、读陶渊明，直读得如梦如幻，不知今夕何夕……

下班回家，将涵子的信拿给先生看，先生感慨："唉！调回家乡五六年了，总想回去趟，总也回不成。说忙吧，几天的时间总是有的……"我叹道："少小离家老大回，咱们人生最美好的时光都融进那片土地了。说起来，那才是真正的家园！近乡情更怯呀……"停了会儿，先生声音低低的："也不知阿闻怎样了！"

离开小城6年，涵子与丈夫离异也近三载了。儿子阿闻判随了父亲。在信中，我从来不敢提及这话题的。不知天真调皮的阿闻是否活泼依然？算来，也该读完小学了吧！

入睡前，我将那短简看了又看，记起"待到重阳日，还来就菊花"的旧话，不禁苦笑：即便是回了，还能有当年那悠然见北山的恬淡心境吗？即便是见了，蕙心兰质的涵子还如当年那般清逸隽永吗？

……

夜里，抱着尽失味儿仍不舍换掉的菊花枕，梦回梨沟——

两个孩子赫儿和阿闻，还是五六岁的光景，坐在梨树下的草帘子上，脚丫对脚丫，拍着小手唱道：

> 记得那时年纪小
> 你爱谈天我爱笑
> 有次并肩坐在大树下
> 风儿在林梢鸟在叫
> 不知不觉睡着了
> 梦里花落知多少
> ……

梦里，漫山遍野的稚菊花摇曳在秋阳下，风情万种，灿烂如初。

生命乘风

生来喜欢花草。

星期天上街，揣着长长的购物单，进出流连的尽是花店。到最后，抱着满簇满怀的鲜花逍遥回返，居家所需什物一概抛却脑后。每每如是，每每遭先生骂，而屡骂不改。

朋友不解："如此迷恋，何不自己开一花屋，天天沉醉花丛？"

我又何尝不想？可是不行啊！将鲜花剪离枝头已是残忍无比，若售不出手，枯萎满地，岂不要心痛死？

私下里，我倒是常跟先生嘀咕，若条件允许，真希望拥有一个园子啊！辘轳井，篱笆墙，青苔路径，金色池塘……里面，种满了各色花木——

冬未至，早有绿萼萌枝柯。

夏已远，仍有蜻蜓立芙蓉。

清晨，打赤脚趟着露水看凌霄花怎样绽开笑脸迎接一轮朝日；

夜间，书香、茗香伴着"晚香玉"的芬芳一道入眠，梦里梦外都是花的氤氲……

哪日有朋友聚来，扮一回厨娘，挎篮子入园，拣一些马兰头、小茴菜、芸青菜什么的做几道药膳，让大家开胃，开心。玩尽兴，走时，每人再折上些百合、剑兰、大丽菊……青枝绿叶，带回去做插花。

所谓与梅同疏，与菊同傲，与莲荷同高洁与海棠同韵致，正是。

嗨，那我该是怎样一个快乐的小妇人啊！如此诗意地栖居一天呢，怕是要抵得上一世了！

天天梦呓我那"可园"，先生摇头：匪夷所思，胸无大志……我委屈，且争辩："比起花草儿，我不是更酷爱读书吗?!"真的，儿时，为换一本薄薄的连环画册，不惜拿出珍宝般的玻璃糖纸、红发夹；刚上中学，作文《逃学为读书》发表《少年文艺》上……一直以来，我最是羡慕书店、图书馆公干的朋友——坐拥书城，天天与圣贤先哲为伴；足不出户，便可饱览古今钟灵万里锦绣……简直禅境的日子。换了我，只怕要不食人间烟火了呢！

同事道："那你为何不跳槽？跳进'书槽'天天啃去！"

"书店？那是我心中的宫阙圣殿啊！只是，我不敢去的。"

如今我这镜片就已赶上瓶底厚了，去了那里，不要眼睛啦？再说，一天到晚抱着书念，还做不做买卖？在其位不谋其利，岂不亏得一塌糊涂？怕是三天不到黑，早给老板"炒"掉了。

说起来，自以为比较适合性情的还是在咖啡馆做一侍应。当然，那咖啡不是我们小城这种即冲速溶式，而是新鲜焙烘咖啡豆，即时研磨、蒸馏、冲调的地道饮品。那散发着诱人浓香的味道，似恋人一般迷醉又如青草一样清新，馆内的情调，简单，洁净，幽雅，像雾像云又像风……

去年到中山市的小榄开笔会，曾沉湎一家"咖吧"，流连忘返，每日乐不思归。

那近乎原始的小木屋内，老唱机、老挂钟、老圈椅，迷人的苏格兰风笛在"皇家咖啡"沁人心脾的原生雾蕴中袅袅盘旋，满壁看似随意其实精心点缀的挂饰让人垂首往事，低回不已……

用李君的话说："不是在咖啡馆，就是在去咖啡馆的路上！"笔会10日，日日和几个饮友泡在那里，喝一杯，磨一杯，冲一杯。品味着个性迥异又各领风骚的"蓝山"、"曼特宁"，思绪如蝶儿一般张开灵动的翅膀……真正一种纯粹的难以言说的咖啡况境。

我最喜欢的是深度烘焙苦甜馥郁的"卡布基诺"，典雅的套杯，醇厚的热饮上覆盖着一层鲜奶油和可可汁，漂亮的让人不忍啜饮。常常惹得李君大嚷："黑若地狱，强若死亡，甜若爱情的咖啡啊，永远，吾之至爱！"

笔会结束时，混熟了的咖啡馆老板煽动我："回去搞一个'书吧'，前厅打理咖啡，后院种几畦花卉，过一把你理想的幸福生活……"

许是咖啡喝多了，醉了。我长叹："春花不解东风意哪！这么多日，还只是混个脸儿熟?！"

你知我最想要的生活是什么？上——路——！

年轻的咖啡馆老板一脸迷惘。我端起杯子"咚咚咚"叩击着台面："放逐自己，浪迹天涯。我最渴望体验的是漂泊、游历的感觉啊！"

去没去过月光里的周庄？轻舟如梭，柔橹如梦，一河清流似酒……

爬没爬过太阳下的冰山？平静若镜，光滑似缎，却又玄机四伏……

在新疆的"魔鬼城"，曾因盘缠罄尽，整整迷失了3天3夜，那几日，日夜阴霾密布，高风悲旋。待衣衫褴褛灰头绿脸地走出那魑魅魍魉的领地，路人真像活见了鬼……

在田横岛，随"祭海"的船队驶离码头后，一时间怒涛翻滚，黑云压顶。极度晕眩，吐得我撕心裂肺气息奄奄，再三央求一老渔夫，将我一橹撂昏扔海里吧，肯定比这好受多啦！

……

那些刻骨回忆，那些极限之旅，一想起来就让人热血沸腾！

"西谚云：'到过那不勒斯，死可瞑目！'我没到过那不勒斯，可在你这不时飘起意大利、牙买加、南美洲咖啡芳香的一隅，早已心骛八极，神游万仞……

"试想，在撒哈拉沙漠或非洲热带丛林，跟着部落里的土著仗剑而行，茹毛饮血，该是怎样的生命盛宴！

"试想，漫步塞纳河畔或伫立夏威夷城池，看水碧于天，听乐典缥缈，又是怎样的旖旎风光？

"行万里路读万卷书！开什么'书吧'？如许一路行走，什么样的奇花异草见不着？何等风味的咖啡尝不到？纸上得来终觉浅哪……"

一口气说了这么多，老板一脸愕然地听着，愣着，然后小心翼翼地拭我额头："呓语症吧？"

自知，又犯病了。

心底的这份情结，这份渴念，这份备受煎熬的流浪欲，真如佛家说禅，不可说，不得说。一说就破……唉！

……

常常，自忖，前尘的我莫不是一云游四方的僧人？要不，何以不肯安顿桀骜不羁的魂灵，老想独步红尘？抑或，是只轻舞飞扬餐花饮露的蝴蝶？不然，怎地一直企盼着飘然翩跹，展翼飞升？

小榄笔会，所写作品全用笔名：大路，乘风，飞扬……

我期待着，化茧为蝶，生命乘风！

一朝上路，那将是何等壮丽的精神日出啊！

万里心航

一直以为，心情，是有颜色的。

闲适的心情，是淡蓝色，像夕阳里透明的炊烟；恋爱中的心情，是粉红色，像极了桃花雨杏花云；而忧郁的心情，则似蛛网，若青铜，羸弱而滞重……

有一年的秋天，我的心就跌进了生命中灰晦、黯然的渊薮，怎样挣扎亦徒劳，日复一日地惆怅、困顿……

就在整个人极度沮丧茫然无助的时候，一家旅行社组团三峡游，祈冀浩浩大江流会冲淡一下心中郁结，背起行囊，我去了。

在船上漂泊的 10 多天里，举目青山，低头黛水。入夜，亦伴有訇訇不绝于耳的涛声，还真一时忘却了今夕何夕，梦向谁边……岂料，回来后，却更生出了苍凉、迷离之感。那体验，如同一个人登高远眺极目楚天后，更无法忍受平地的平庸一样。

在那些漂泊何所依的日子里，我很是惧怕。怕迷茫的灵魂找不到归路，怕混沌的思想失却了家园。因而，拼命地工作，不让自己有片刻休闲，每日处理完案头编务，拎起包下乡采访，有时一天跑两三个地方，无论回来多晚，摊开格纸赶稿子……

如此自虐，终有疲惫的时候。一段时间后，身体实在支撑不下去了，不得不改变方式：读书。抓住一切暇余。

一向读书是很挑剔的。那阵儿全然不顾，什么精品劣作市井流派的，皆无高下之分，拿到手上就翻，抱本金庸通宵达旦地啃是常有的事。

读书亦不是件轻易的事。阅读之际，时不时由安宁的心绪陷入憧憬里，上面是现实的人生，下面是蝴蝶的梦境，沉浮其间，可谓一种拉扯，一种撕裂，沉重复沉重！

索性，放纵自己。钻出纸堆，去文化市场弄回些碟片，看千种风情万斛画意，以麻痹、取悦自己的神经。殊不知，不经意间，一个寻常的画面，一句随意的歌词，却往往利刃般直抵疼处，于不设防中将一颗负重的心切割得更是支离破碎，痛苦不堪。

记得一盘专辑里有个歌手反反复复地吟唱着：在那些雨中的日子里，在那些雨中的日子里……暗夜里，我泪流满面，在心中大喊：那……那些飘雪的日子呢？那些风刀霜剑的日子呢？

待到风雪弥漫的季节里，又让我怎样地涉过，躲过啊……

许多年了，有一个死心塌地的女友，相互间无话不谈。在那些郁悒的日夜里，我们却是什么也不谈。她只是无奈地由着我，无微不至地呵护着我，一任我折腾……而每到周末，则将我接去她的工作室，再将其男友喊去，一起吃吃饭，聊聊天。时常，我半天都不说一句话，只静静地听他们聊。时常，听他们俩聊了半天，我都不记得聊的是什么，一副懵懂的样子……

曾经认为，我就是那个样子了。

曾经认为，我是走不出那个雨季了。

岁末的一天，去济南参加一个会议——

刚走出车站，一阵奇异绝伦的音乐飘了来，那是怎样的旋律啊，是远古轰鸣的天籁，是冰川消融的跫音！其曲调，其意境，穿云裂帛，空灵磅礴，幽缈、神秘……仿佛来自另外一个世界！

我一下子被震住了，中了魔一样。忘记了周围一切的存在，就那么痴痴地站立寒风中，站立寒风中的广场上，听着，听着，任凭人流撞来涌去，浑不知晓……乐曲戛然而止，我半天没回过神来。一时间，竟不知那空谷仙乐来自何处……

我不甘心就这么走掉，随即拿出一张报纸打开，席地而坐，静候佳音。凭直觉，我相信，它会为我再次响起。我认定，那是我的歌，是我前世的预约！

等了好似一万年之久吧，果然，那天籁般的曲调又飘了起来……这下我辨清楚，源自不远处一鲜花屋。我飞似地跑了过去，热情的店主告诉我，播放的是 CD《阿姐鼓》，市里有卖。"谢啦！"我顾不上再说别的，顾不得去会上报到，匆匆赶往市里，一家一家音像店寻过去……

此刻，写这篇小文时，客厅里正弥漫着《阿姐鼓》那无与伦比的旋律。对于她，我是初听已惊，再听依然！

坦白的讲，我不懂乐理，但我听懂了一种美丽的语言，听懂了一种独特的表达方式，听懂了来自生命深处的呐喊与回响……

那一刻，就是这时候来的——

那光的漂浮，空气的流动，那种云在肩头的感受，潮水一般，汹涌而来，汹涌而来，没足，没膝，没顶……

一颗疲惫的心净化了，升华了，随着乐曲缥缥缈缈飞向辽远的天际；一颗悲苦的心溶解了，超脱了，追寻着那片原初的息壤在蔚蓝静谧的清纯中，被洗礼的透明、圣洁。

云在肩头，梦魂飞渡！

那一刻，我称之为生命的临界时刻。

自那一刻始，来自于生命之源生命之缘生命之不圆满与追求人生完美的冲突，变得苍白，轻浅。人世间一切琐屑与偏狭全在那临界的一刻释然、朗然。

什么炎凉冷暖，不过是人生之旅或长或短的印渍，水过无痕；什么荣辱得失，无外乎炊烟飘过苹果地，风流云散……

有《阿姐鼓》壮行，我知道，此后所有的日子，无论再有什么风雨，踏征的途上都会荡满骊歌，叮咚着风铃的浪漫；不管再有什么泥淖，心的田园都会芳草青青，散发着菩提的芳香……

心境淡然，风骨超然；抱膝而啸，鼓腹而歌——

洒脱如陶宗仪者，有几人？我当修炼。

我欣慰于我心中的这一份灿烂。

伫望葵林

儿时在乡下，农人们吝惜土地，田坎篱角总不肯闲置，撒上些蒿、蓖麻、转日莲籽等不需要费时侍弄的植物任其生长。男孩子喜欢蓖麻，摘它硕大的叶子顶在脑袋上，捋那带刺儿的果实玩弹弓。女孩儿则偏爱蒿花那淡淡的清香，咀嚼"蒿饽儿"甜丝丝的感觉。不知为何，我却独对瘦瘦、高高的转日莲钟情。尤其看它生出花盘儿，迎朝送暮与日共舞的生存状态，很感新奇、神秘，上下学路上总忍不住驻足，默默地望上几眼。许多年以后才明白，那是生命最初的向往与感动……

知道向日葵，是到省城读书的那年。为了迎接新生，美术系的学兄们搞了个名画复制品展览，大家都涌去看，一进大厅，我就被一蓬燃烧着的金黄慑住了——那是怎样的一幅画啊！一朵朵火焰似的向日葵喷射着热烈、赤诚的光芒，袒露着凝重、原始的美。与它对视，简直无法保持在静物面前的平和，只觉它是立体的，带有嚣张、野性。读着它，年轻的心壁，顿生出一种激情，一种力量，令人灵幻飞扬！

更让我惊心的是作者还配了一首小诗：

如血的战栗/使黄昏也显得有几分悲壮/循着晚钟你匆匆翻山远去/把我留在夜的这岸/不想低垂叹息/也不想把心思说与孤独/遥望归鸟如叶/萧萧飘向远幕的空寂/远处，有你栖息的岛么/直到不见你的踪影/我仍昂着金色的头颅/站在生我养我的土地/站成深情地瞩目，然后回忆/莫道我恪守今夜/你的爱雨撒在我的心里/灿烂如初，永远是我心上的那轮太阳……

"这就是我们家乡的转日莲啊！"我颤声对同学说。看落款：仿梵·高油画《向日葵》。

自此，向日葵，刀刻斧凿般烙在了我心里。

3年前，赴银川参加一个笔会。车过陇西，窗外，大片大片的金黄色块匆匆闪过。看不真切是什么，我便问邻座大嫂，邻座漫不经心地道："葵林呗！"

"什么林？"

"向日葵啊，油料作物。"

葵林？我还是第一次听说这个词，不由得惊呼起来！向日葵，怎么可以漫山遍野地生成林子啊？印象中，3棵、5棵，至多也就十几棵，便成一道亮丽的风景了！大嫂见我又激动又懵懂的样子，似觉好笑，以不屑的口吻道："嗨，这算什么，到我们那坎儿看去，一眼望不到边儿，简直葵海嘛！"

笔会在川市西郊一度假村。自度假村再往西约3站有一家很时尚的书屋，晚饭后，总爱约上同室去闲瞅。每次去，总是安步当车，为的就是穿行一片开阔的向日葵林地。

谁有过这样的经历呢？

——浩浩漫漫，招招摇摇，一望无际……满眼是翡绿、金黄，勉力前眺或转身四顾，都是一样的景观。这景观在苍茫的塞上显得是那么肃穆，深沉，野意孤寒。置身其中，所有的人文背景都隐退了，远逝了，只剩下敬畏、朗然……

应该说，葵的姿态，是美学，更是哲学的；是物质，亦是精神的。早早晚晚它是那么安详、平和，静谧地守望着朝霞和炊烟。而临界正午，却变得如许火爆、张扬，枝枝叶叶全都诠释着生命的渴望与疯狂。

每每走近葵林，我都不能从容移步，总似有一种可称作"场"的玄力，教人想咆哮，想啜泣，想藉地而眠……归去来兮，在人生的驿旅，在繁华的尽处，有这么一片心灵的憩园，该是怎样的一种精神皈依呀！

室友是小有名气的诗人，累她有车不乘天天跟着拉练，便戏谑我："我看你快赶上北宋的林逋了，老先生爱梅成癖，人称'梅痴'。据说他去世时，天下梅树皆着白花，为其哀悼。你呀，葵若有知，应为你四季常生呢！"

似水流年。

如今，那段在彼此的生命里光照的恋情，已是依依追忆了。不过，逢闲暇又心情好的时候，我会将当年拍下放大的几十幅图片一一挂了墙上，然后打开 CD，在凯利·金的萨克斯如泣如诉、缠绵悱恻中，默默凝视着半壁的葵花，静坐上半天。

常常，听着听着，一些迷离的往事，穿越斜阳清风缓缓地走来……人就有一种想流泪的感觉。

自去年始，不知源于何故，大街上流行起向日葵饰物。姑娘们将其戴在头上，别了胸前或缀于耳边……尤其是一些制作粗糙而佩戴者又粗俗不堪的，简直是亵渎！那是可以随便把玩的吗？有一次与同事外出，在一家小饭馆里，居然看到摆放着一大簇仿生向日葵，经年的烟熏火燎使它油渍渍的几乎辨不清颜色。我装着很喜欢的样子问老板娘："嗨，这花儿送我们，怎样？"老板娘瞪大眼睛："咦，为什么要送你们？我花钱买来的！"

"多少银子？"

"30 块哪！"

"给！"我将 50 元人民币拍在吧台上，连盆抱起，愤而离去。走不多远，一扬手，将其扔进了路旁的臭水沟。同事不解：

"你?"无法讲我是怎样的一种心情,我宁肯她腐掉、烂掉,也不忍看她在那受罪、受辱。

有一次和爱人闲聊,不知怎么谈起了轮回之类的话题。他道:"据说,每只蝴蝶都是从前的一朵花儿的魂魄,回来寻找她自己。莫非,前世的一棵转日莲错托生你这个大活人不成?"

"那也说不准。不过,我倒真希望终将老去的那一天,你能让我安息葵林……"

融入葵林,让魂灵化作她的一片叶、一瓣花,甚至一脉经络,迎日而生,逐日而舞、而歌、而狂、而哭……拼却了生命去绽放,去燃烧。

哪怕只一季呢,足矣!

一路上有你

　　10 年前的冬天还像冬天，还有雪来访问我们这个世界。虽清冷严冽，却也充斥着温暖。这温暖，来自朋友，来自诗歌，或者酒……

　　我喜欢硬线条的冬天。只有在那样的冬天，才有可能认识那些热血方刚的歌者、诗人，比如方金他们……

　　10 年前的诗歌青年，用虔诚坚守着文学阵地，坚守着精神家园。

　　2001 年秋天，方金考入中央戏剧学院。然后我们的联系就断断续续了。偶尔在报端看到他的文字，知道他还在写诗；偶尔有消息传来说他的头发更长了，知道他依旧叛逆；偶尔接到他的电话，得知已离开流亭机场，正朝市区驶来……

　　于是我们相聚。

　　相聚的地方大都是通宵不打烊的咖啡屋或者酒店。这样才可以聊得痛快，喝得尽兴。我们一起常聚的一般是方金、李进、锐强和宗宝儿几个人。

　　李进是具有红鬃马力量和色彩的女诗人，她是我们所在的小城第一个出诗集的文友，她的《燃起篝火》——

　　　千百次画你归途的小径
　　　通往这栋小屋　猎人

我已经燃起篝火　放置窗棂下一剪冬梅

扶篱翘望西坡茅丛　可有你长杆黑枪蜿蜒而行

院落里披雪而立　立成浮雕

猎人，等你啊待到火熄灯灭

用我情愁的山风撩燃你疲惫的灰烬……

曾经感动得我泪湿衣襟。

宗宝儿在喝掉两瓶啤酒之后，一般会用"玉树临风"这个词来形容李进，不知是指她人还是指她的诗。说起来，李进确是文如其人：唯美，忧伤，纯粹。

而说到诗歌，就不得不提一下宗宝儿第三本诗集《麦田上空的乌鸦》的作品研讨会。会上，很多实力诗人和评论家对宗宝儿的诗给予极高的评价。宗宝儿这些年来的寂寞吟唱，终获认可。

锐强则有着典型的小说家的朴实。他不善饮酒，但每逢方金归来，必主动将杯斟满。若席间有谁提及《收获》、《小说界》上他的那些个中短篇小说，锐强则会连连摆手："喝酒喝酒喝酒……"似显得很烦。然而，我却曾不厌其烦地将2004年9月号的《小说月报》向所有认识的朋友们推荐。那一期上不只有锐强的作品，还登载了全国七八家文学杂志所刊发的他的小说目录……

每次和方金他们几个相聚，文学，是永远谈不完的话题。有一次，宗宝儿喝得有点多，愤愤地将杯子向桌上一蹾："我憎恨文字，憎恨！知道不？以后谁也不要再谈这个词儿，好不好？""好！"大家齐声附和，"不谈！不谈文学！我们谈情人，谈坏人，谈……"但一聊起来，话题还是不知不觉地说起了诗歌，说到了散文，说到了小说……爱之深，恨之切！文学，我们共同的情人啊！

每次和方金他们谈罢，饮罢，总是心怀大畅！原来，文学真是可以聊的。

这样的快乐，一年一次，年年如此……

今年底，方金又回到了小城，我们几个人又相约饮酒踏歌。

一举杯，一年就这样过去了。

这365天中，李进跳槽去了一家杂志社任执行主编。宗宝儿脱下军装转业到了文联机关。锐强的作品则朝着许多大型文学期刊衔枚突进，且好评如潮。而我，仍在许多文字中劳碌着，紧张着，痛并快乐着……方金呢，依然善饮，依然充满思辨的机锋。这一年，他和刘震云、王朔一起策划的电视剧《动什么别动感情》在全国热播；他编剧的电影《还有多远》登陆央视电影频道；另外一部影片《飞》，获中国电影"华表奖"最佳编剧提名……

有朋自远方来。文字下酒，不亦醉乎？

于是，365个昼夜，落日与朝露，欢笑与痛哭，前尘与旧雨，统统汇入杯中，干！

哦，朋友，我的矿藏，我的财富！在文字的朝圣途上，我们从一个冬天到另一个冬天，生命因你而绚烂。

一路上有你，布衣暖，菜根香，诗书滋味长……

云中谁寄锦书来

始终觉得，我与文字的亲近，是书写家信锻炼所致。

清晰记得第一次写信，刚升初中，随父母工作调动转学到外地，那天，揣着信从学校一路打听找到县城一隅的邮电局，在窗口买了信封和邮票，然后小心翼翼地填写地址，投之前又再三地检查，看有没有漏字，邮票是不是粘牢……当信封从手中缓缓滑落邮筒的那一刻，我听到了一声轻微的动静，仿佛将自己的心也一并寄了出去……小小少年，平生第一次经受别离，里面装载着多少对老师、同学的眷恋和不舍啊！

写信最多的时期是到农村插队后。初到异地，惆怅离索，思念故土，思念亲人，就不停地写信。写给父母虚报平安的信，写给兄妹真切思乡的信，知青之间则相互写一些充斥着豪言壮语的文字……那个年代，通信工具不发达，长途电话难觅，一般有重大事件拍电报。写信，成了情感交流、精神寄托的唯一方式。那段时光，尽管物质匮乏，生活维艰，但内心世界非常富足，苦难的日子在期盼的幸福和阅读的欢愉中飞逝……

再后来，是与文友们的书信往来。那些信，有长有短，风格迥异。无论字迹娟秀还是书写潦草的，封封堪称美文，拆阅，都让我有"佳作展读"的感觉，每每回复，也总用这句话。

因着对一篇文章的理解不同，与"忘年交"文光老先生曾留下了"百札激辩"的佳话。那一百封早已泛黄的信件，至今，仍用丝带束着，珍藏在办公桌抽屉的最底层。

作为题签，印在我文集《山河岁月》封面上贾平凹老师的信，怕是最有书法价值的一封了。

缅怀写信。面对一沓信笺，像凝视着朋友关切的目光，思绪慢慢浮升，飘飞在无垠的精神世界里，然后让情愫借助笔墨宣泄纸端……这何尝不是生命的律动？

写信如是，读信尤甚。《慕兰家书》，语言淡泊平和，朴素绵密，读着读着，仿佛看到谢慕兰老人拍打着身上的风尘，从岁月深处缓缓走到眼前，将自己对人生、对世事的体悟如数家珍，向我们娓娓道来……

鲁迅与许广平的《两地书》，谁又能说那不是智慧和罗曼蒂克的激情碰撞，迸溅出的电石火光呢？

君问归期未有期
巴山夜雨涨秋池
何当共剪西窗烛
却话巴山夜雨时

这也许是世界上最挚情、最温馨的家书了。

作家董桥谈到书信曾讲："因不是面对面交谈，写信的人读信的人都处于心灵的寂寥境界里，联想和想象的能力于是格外机敏。"诚然！厚厚的信笺纸，淡淡的烛灯下，一字字记下吟诵千遍的心语，再虔诚地缄封，寄往远方的友人，这是怎样一种情意、诗意啊！

然而，曾几何时，电话、手机短信、电子邮件等等现代通信手段，以不可阻挡之势浸淫了我们的生活。纸质家书渐渐淡出人们的视野，并且正面临着消亡的命运。不可否认，在这个 E 时代，时空距离缩短，生活节奏加快，各种讯息飞速传播、瞬间覆盖……或许，现代人日益浮躁的心情也与此有关吧！当下，还有几多人能够静下心来写一封书信呢？

"烽火连三月，家书抵万金。"杜甫所在的那个年代，一封家信能抵得上万千银两！而现在，谁又能知晓家书的真正分量，真正价值呢？尤其是一些迷失在网络里的年轻人……

传统家书是集文学、美学、书法、礼仪等多元文化于一纸的物质载体。它所维系的，不仅仅是人间的亲情因子，更是承载着中华民族生生不息的血缘元素！

据新浪消息，去年春节前后，中国国家博物馆、中国民间文艺家协会等几个单位联合发起抢救民间家书的活动。寻常家书，而今竟成了被征集的文物，成了要抢救的民间文化遗产，真不知令人忧患还是悲哀。

很庆幸，我还在写信。尽管，已经很少了。也许，恋栈家书，正是我们这一代人在现代文明进程中，所绕不过去的一种情结。

欲寄彩笺兼尺素

山高水阔知何处……

植篱依依

世事纷繁 。怎样的一件心底旧事，教我们透彻骨髓地怀想 ？
……

去年春天，刚搬来新居时，小区的一切都还没拾掇利落，路面斑驳，碎屑乱堆。没多久，楼下出现了一老伯开始手脚不闲地清理建筑垃圾，整理楼前空地。老人往往天不亮就干开了，有时中午顶着大太阳也忙碌着。我时常伫立窗前，感动地望着老伯的身影，推测："物业管理的吧？"爱人不屑："物业？多少钱能雇到如此敬业的员工？"

后来，在楼道上遇面几次，才知，老伯也是新迁来的住户，姓郭。

一天早晨，刚推开窗，一股清新、久违的气息扑面盈来。探头张望，楼前偌大空地上填满了新鲜的泥土！站在那儿怔了半天，人一下子回到了知青年代。

当年下乡插队，在村副业坊搓绳、打苫……整整闷了一个冬季。开春，一战姓老农带我们下地干活，荷锹走在田埂上，看着新犁耕的泥花，战老汉蹲下身子搓捏着那些土块无限感慨："嘿，啥东西破皮都难看，就咱土地，破了皮真好看呐!"也就从那时起，我与泥土结下了深深的情愫。返城二十余年了，对土地的敬畏、亲近，仍有增无减……

自有了楼下这园子，每天或早或晚我总要推窗探视一番。先是园四周插了一排白白的篱笆，再是地里钻出了畦畦新绿，后来沿篱墙生长起一丛丛素心兰……为浇灌方便，郭伯还特地在园子里打了口压水井。

有一阵儿，我去外地开会，也就 10 多天吧，回来一看，嗬！篱笆上爬满了绿绿的茑萝蔓，上面的小星星摇曳着，闪着亮，很是诱人。园子里的花儿们也开得挨挨挤挤，姹紫嫣红。

晚饭后，小区里的大妈、阿伯们总爱围着篱笆转转，站站，评判一番，赞叹一番。平日里，也时有路人驻足，询问这是什么草，那叫什么花，或讨几棵易植的根苗，或要一把种子回去。每逢此时，郭伯总是笑呵呵地应答着，忙活着……

以前，心情抑郁时，总是向往陶渊明笔下芳草鲜美、落英缤纷的桃花源，如今，青枝绿叶绽开在每一个寻常日子里，我真是幸福得要晕眩了。朋友们每每来我家玩，也总是先到阳台上推窗："看看你的前花园！"这令我多么的骄傲啊！

入秋，凉风刚起，郭伯就上心他那篱园了。娇嫩点儿的挖了盆中移堂入室，能越冬的则根部堆上厚厚的木粉末儿。有天中午，郭伯很让我惊讶不已——从家里拎了满满两桶鸡蛋，在一棵棵玫瑰周围挖坑放置，然后拍碎埋好。附近诊所一老中医感叹："嗨，老头儿拿花比自己还金贵呐，这鸡蛋吃的话得吃多少天啊！"我却在想，来年，这园子该以怎样的万种风情、黛粉媚绿，来回报郭老伯伯啊！

因着对花草的挚爱，多年前，曾涂诗《梦里飞花》，这个冬季，真的是梦里常常飞红流翠，繁花绮丽呢！

……

不料，郭伯没有等到花期。

今年春节刚过，有天半夜爱人从外面回来，低语道："楼下

的郭大伯猝发心脏病，走了。"我迷迷瞪瞪地应了句："去哪儿
啦?""去世了!"我呼地从被子里坐起来："不能吧?"爱人叹息
一声，默然躺下了。我仍旧发呆："那……那些花、谁来照料
啊?"一股悲哀深深地袭击了我! 那么一个热爱生命，热爱大自然
的老者，上帝怎么就残忍地将他收了去呢?

我知道，有一种东西在生活中走远了，再也不会回来了。

那夜的寒风似夹杂着哭泣，一直呼啸着，时快时慢，忽高忽
低，不肯停歇……

古语曰："大上有立德，其次有立功，再次有立言。"环顾当
下，立言者比比皆是，而立功、立德者渺渺……郭伯，只是一个
普通的退休工人，却又站在了怎样的精神高地啊!

大德无言。

……

茅檐旧雨，回梦春风。不觉间，冬天过去了。郭伯也故去两
个多月了。今天，头一次推窗俯瞰，惊察园子里、篱墙下，深深
浅浅地绽出一片绿芽儿，欣喜之余，更多的却是伤感：始皇堂前
鹤，翩翩为谁舞?

就在今晚，就在灯下，敲着这些文字时，窗外，淅淅沥沥地
下起了小雨，这是今年的第一场春雨啊! 郭伯，该不是您放不下
这篱园，随风潜入夜吧!

一沙一世界，一花一天堂……

郭伯，您在那边还好吗? 此刻，和着雨声，我虔诚地为您
祈祷!

呼吁：为文艺家设立节日

文艺家，是指在文学、戏剧、音乐、美术、书法、舞蹈、影视等各个艺术领域具有一定造诣和影响的精英人才。据不完全统计，我国各门类文艺家协会仅国家级会员就达百余万人。

当今世界，文化艺术与经济、政治、科技相互交融、相互渗透，文化艺术的力量不仅深深熔铸在民族生命力、创造力和凝聚力之中，而且越来越成为综合国力和国际竞争力的重要组成部分。国家的发展和强盛，民族的独立和振兴，人民的尊严和幸福，都离不开文化艺术的支撑。文艺家的推动作用，更是显而易见。

文艺工作是党和人民事业的重要组成部分，在社会全面发展中具有十分重要的地位。无论是战争岁月还是和平年代，数以万计的文艺工作者在中国革命进程中起到了不可磨灭的作用。特别是中华人民共和国成立以来，广大文艺工作者紧紧围绕党在不同时期的中心工作，卓有成效地开展文艺创作活动，产生了一批又一批富有特色的精品力作，涌现出一批又一批国内外颇有影响的艺术家。社会主义文艺事业取得了令人瞩目的成果，呈现出大团结、大繁荣、大发展的生动景象。

面对我国全面建设小康社会和构建社会主义和谐社会的战略任务，面对人民群众日益增长的精神文化需求，面对中华文明伟大复兴的历史进程及各种思想文化相互激荡的复杂环境，进一步繁荣社会主义先进文化，为构建和谐社会提供强大的思想道德力量，促进全社会形成积极向上的共同精神追求，广大文艺工作者更是责任重大、任务艰巨、使命光荣。

因此，应当呼吁：为中国文艺家设立一个节日！

为文艺家设立节日：一、社会认同。社会主义核心价值体系建设开始融入文化建设，全社会共同的理想信念和良好的道德风尚需进一步确立。二、权利危机。为艺术家维权，使全社会公民都来关心文化、尊重人才，进一步提高文艺工作者的政治地位和社会地位。保障艺术家们的合法权益。三、忧患意识。部分国人对传统文化艺术日趋淡漠，通过节日的形式倡导传统文化复兴，提高大家对民族文化贫血和外来文化侵略的警惕。四、体现关爱。为文艺家设立节日，全面体现党对艺术家的关怀、社会对文化的尊重、对文艺价值观的认同。进而增强文艺工作者的社会荣耀感和自豪感，激励广大艺术家奋发进取，在各门类艺术领域做大做强。

设立文艺家节，是形势的需要，必将拉动文化产业链，深化我国传统的文化内涵，促进广大文艺工作者为城市建设和经济发展的强大精神动力，促进文艺事业大发展、大繁荣。

设立文艺家节，是时代的呼唤，必将推动中华文化在世界范围内的有效传播，起到维护国家利益和文化安全，为人类文明进步做出贡献。

眼下，我们国家法定的节日有：春节、清明节、植树节、国际劳动节、端午节、中国共产党诞生纪念日、中国人民解放军建军纪念日、中秋节、国庆节；另外，还有父亲节、母亲节、情人节、老人节等，连儿童、青年、妇女、护士、教师、记者等都有了自己的节日。这么多的节日，而中国的文艺家们，却没有一个自己的节日。

作为各业之本的文学艺术，作为中国文化群体的领军人物，理应更得到敬重。从毛泽东在延安文艺座谈会上的讲话，到邓小平理论和"三个代表"重要思想，到胡锦涛总书记的十七大报告，无不显现出党和国家领导人对文学艺术的重视。设立文艺家节，合乎民意，顺应时代潮流。

一个节日的设立，通常要考量三种元素：一是全民价值，二是文化传统的承载意义，三是精神的传承和植根效应——

首先，文艺是人类的永恒追求，文学艺术自诞生之日起，便承载着全人类的精神和梦想。毛泽东同志多次强调和指出文化和文艺的重要性。在普通群众眼里，文化，是事业的本钱。没有文化就是落后的代名词。一代领袖和平民百姓，都崇尚文化追逐文化。而时下，我们国民的文化素质和文艺素养却不敢认同。为提高和强化民众对文艺的认知指数和参与热情，借助"节日"这种样式再推全民学文艺爱文化的热潮并将其以特定的方式固定下来正当其时。其次，节日有无赋予传统文化元素。华夏五千年的文明史创造出丰富多彩的文化，闪烁着祖先丰富的智慧和创造精神，所蕴含的核心价值观日益被世界认可。大力弘扬民族文化和文艺，有利于促进人类社会文化传统的交融，推动人类现代文明的进程。再次，崇高的爱国主义与完美的国际主义的结合，应当是人类团结的重要节日。文艺和文化不仅提供给人类视觉、听觉上美的享受，而且还是健全的心理素质宝贵的精神食粮。

文艺的振兴和复兴，将带动民族和国家的崛起，作为人类的共同价值，作为人类的灵魂和思想的核心，为文艺赋名，为文艺家设定一个节日是当务之急。

心随帆动

2008 年 8 月 8 日，第 29 届奥林匹克运动会的圣火，在北京熊熊点燃。

2008 年 8 月 9 日，第 29 届奥林匹克运动会帆船赛，在青岛激烈鏖战。

从奥林匹亚到万里长城，从雅典到浮山湾，博大精深的华夏文化将与现代奥林匹克思想交相辉映；东西方文明完成了人类历史的跃升……这场全球规模最大、参入最广，超越种族、超越地域、宗教、文化的体育盛会，是"更快、更高、更强"奥林匹克精神，"和平、友谊、进步"奥林匹克宗旨的辉煌图景和盛极体现；是人类促进历史与现实、体育与科技、政治与经济和谐发展的壮丽画卷。

实践"绿色奥运、人文奥运、科技奥运"，成功举办一届"有特色、高水平"的奥林匹克运动会帆船赛，是青岛市的庄严承诺，也是全国、全世界的共同期待，更是青岛发展史上光耀千秋、彪炳青史的里程碑。

青岛市文学艺术界联合会以推动社会主义文化大发展、大繁荣为目标，抓住奥帆赛的核心点，精心策划提前介入，多次组织艺术家深入奥帆场馆采访座谈、实地考察，推出了具有时代震撼力的"人文奥运"系列文化丛书。这套承载着凝重的中国文化传统和激越的奥林匹克精神的丛书，以丰富多彩的文艺形式，全方位展示了"人文奥运"的丰富内涵，展示了华夏民族的灿烂文化和当代青岛的精神风貌。为世人走进奥帆赛、了解奥帆赛打开了一扇窗口，打开了人们认知奥林匹克帆船赛的文化视野，不仅使读者欣赏到五大洲运动健儿扬帆大海、劈波逐浪的矫健雄姿，更领略到了"帆船之都"青岛的风采和魅力。这对于传播奥林匹克思想，提升奥帆举办城市人文精神，延续青岛历史等都有着十分重要的意义，影响深远。

世界给青岛一个机遇，青岛给世界一个精彩！"人文奥运"系列文化丛书所有卷本，别出机杼，气势恢宏。艺术家们用艺术积累彰显奥林匹克精神和昂扬的时代激情，用艺术智慧让华夏传统文化在现代奥运平台上熠熠生辉，以深刻的思想、生动的文字、独特的视野给人以强烈的震撼，充分展示了我们的艺术家们走进奥帆、参入奥帆的人文情怀，诠释着艺术家投身社会实践，把握时代脉搏的强烈责任。

能够见证历史，见证奥运，是青岛人的骄傲；能够记录历史，书写奥帆辉煌，更是青岛艺术家的神圣职责，是时代赋予的光荣使命。"人文奥运"系列文化丛书，为中国、为世界人民留下了珍贵的、泽被后世的奥运文化遗产。是八百余万青岛人民为29届奥林匹克运动会献上的一份厚礼，将永久载入奥运史册。

2008——

我们的城市因奥帆火炬的映照，五光十色。

我们的人生因奥运精神的浸染，春意盎然。

坚守精神家园

这一刻，我胸中涌动着的是欣喜、自豪和激动。

这一刻，我心海澎湃着的是感慨、骄傲和激情……

在我的身边，有许许多多优秀的艺术家群体。他们，怀着对党、对人民、对事业无限挚爱，默默进行着艺术实践，创作了一部又一部脍炙人口的文学精品，塑造了一个又一个生动鲜活的艺术形象，推出了一批又一批异彩纷呈的获奖力作，为青岛的社会经济发展提供了宝贵的智力支持，为城市精神的形成和核心竞争力的提高起到了巨大的作用。

在举世瞩目的奥运会帆船赛期间，我们的摄影艺术家付出了怎样的艰辛和不易，您能想象得到吗？一个月的赛程，他们冒着酷暑同运动员一样整整在海上奋战了 30 天。30 天哪！海水浸，风浪打，烈日晒，脸上的皮暴了一层又一层；身上的衣服湿了干，干了湿，一片盐花儿。有时为了抢拍一个最佳镜头，他们就跪在船舷上、趴到甲板上。晚上，运动员上岸休息了他们更忙，冲洗照片、整理资料、追踪采访。这期间，有的人母亲住院顾不上照料，有的人推掉了出国进修的邀请……

难道，他们就不牵挂病痛中的白发亲娘？

难道，他们就不想让自己有更好的发展？

不，不是的。他们也想亲自熬一碗粥捧到母亲的病床前，他们更想抓住机遇让自己站得更高、看得更远，但是，他们没有做到。

他们这样说，能够见证历史，是青岛人民的骄傲与自豪；能够记录辉煌，是青岛艺术家的光荣使命。正是我们的摄影家夜以继日的忙碌，奥运会闭幕的当天，奥帆赛大型摄影展开幕！200余幅图片真实记录了五大洲运动健儿凌空逐浪的恢宏场景，再现了"帆船之都"的时代魅力与风采。各国运动员流连在一幅幅具有强烈视觉冲击力的图片面前，惊喜，惊叹，连声OK！摄影家们用艺术积累彰显了奥林匹克精神和昂扬的创作激情；用艺术智慧为中国、为世界、为全人类留下了弥足珍贵的奥运精神财富，留下了泽被后世的奥运文化遗产。

大家一定对5·12汶川特大地震刻骨铭心吧！灾难震动华夏，同样牵动着作家的心。他们第一时间飞赴灾区，飞赴抢险救灾最前沿！在余震不断的情况下，不顾个人安危，奔波在摇摇欲坠的废墟中，辗转于险象环生的山崖间……用手中的笔记录这场感天动地的抗震救灾斗争，用心血、用泪水，用各种文艺形式表达真情，鼓舞斗志。

这，仅仅是作家们面对国殇发出的心灵呼号血泪之音吗？

这，仅仅是作家们大灾难下写出的所思所想所感所痛吗？

不！这是文学与时代共存与历史同行的见证！是青岛作家群强烈的社会责任感和担当！

在5·12汶川特大地震一周年之际，青岛市文联将这一系列文学作品分为上、下卷以《凝望汶川》为题出版发行。在书城举行的首发式上，来自汶川、青川的40多个孩子手捧着书籍，哭了，我，也哭了。为我们巴山蜀水的父老乡亲，为我们大爱无疆的真诚同行，在场的所有人都潸然泪下……是啊，工作在这些优秀的文学艺术家群体中间，我无时无刻不在感动着，不被震撼着，心灵一次次受到洗礼，精神不断地得到升华……

不是吗？无论是 1998 年洪涝灾害，还是 2003 年抗击"非典"、2008 年冰雪袭击……每当我们的国家，我们的民族，我们的父老兄弟在财产及生命受到危害时，我们的艺术家总是首当其冲，勇敢地站出来，与受灾同胞一起承担！承担生命中最重的那一肩！

每当午夜梦回，我时常叩心自问，你，是否感念到生存的价值和生命的意义？

每每掩卷沉思，我总是审视自己，你，是否感知到人民、祖国这个重大命题？

将小事做大

做事，是人的本分。

做大事，做小事，都是做事。大多数人没有机会做大事，总是做小事，而那些兢兢业业的小事，落实基础，成就未来……

美国标准石油公司曾经有位小职员叫阿基勃特。他在出差住旅馆的时候，总是在自己签名的下方，写上"每桶4美元的标准石油"字样，在书信及收据上也不例外，签了名，就一定写上那几个字。他因此被同事叫作"每桶4美元"，而他的真名倒没有几个人叫了。

公司董事长洛克菲勒知道了这件事后，说："竟有职员如此努力宣扬公司的声誉，我要见见他。"于是邀请阿基勃特共进晚餐。

后来，洛克菲勒卸任，阿基勃特成了第二任董事长。

在签名的时候署上"每桶4美元的标准石油"，这算不算是小事？严格说来，这件小事还不在阿基勃特的工作范围之内。但阿基勃特了，并坚持把这件小事做到了极致。那些嘲笑他的人中，肯定有不少人的才华、能力在他之上，可是最后，只有他晋升董事长职位。

还有一些人因为事小而不愿去做，或抱有轻视的态度。有这么一个故事：据说，在开学第一天，苏格拉底对他的学生说：

"今天咱们只做一件事，每个人尽量把胳臂往前甩，然后再往后甩。"说着，他做了一遍示范。

"从今天开始，每天都做300下，大家能做到吗?"学生们都笑了"这么简单的事，谁做不到?"可是一年后，苏格拉底再问的时候，全班却只有一个学生坚持了下来。这个人就是后来的大哲学家柏拉图。

"这么简单的事，谁做不到?"这正是许多人的心态。但是，请看看吧，所有成功者，他们与我们一样，每天都在做着同样简单的小事，唯一的区别就是，他们从不认为他们所做的事是简单的小事。

成功不是偶然的，有些看起来很偶然的成功，实际上我们看到的只是表象。正是对一些小事情的处理方式，已经昭示了成功的必然。无论是"每桶4美元"，还是"把胳膊往前甩"，它们都要求人们要有一种锲而不舍的精神，一种坚持到底的信念，一种脚踏实地的态度，一种自动自发的责任心。

小事如此，大事亦然。

凝望汶川

2008 年 5 月 12 日，四川汶川发生特大地震！

顷刻间，天崩地裂，房塌路毁，山河飞泪……

灾难震动华夏，更牵动着青岛市文学艺术界同仁的心弦，大家为灾难而悲恸，为救灾而行动：积极捐款捐物、组织赈灾义演、缴纳特殊党费……

我们的作家、诗人行动迅速，第一时间飞赴汶川灾区，亲历、记录这场感天动地的抗震救灾斗争，以抗震精神展开抗震题材文艺创作，大家用手中的笔，用心中的歌表达真情、鼓舞斗志，在较短时间里创作了大量文艺作品。

于是，在一篇篇诗文里，我们体悟到了诗人们心灵的呼号；我们读出了作家们饱含深情，用心血用泪水写出的悲壮、震撼和祈福，写出的大灾难下的所思所想所痛所感。这不仅仅是艺术的追索，更是诗人、作家们思想的洗礼、精神的升华；不仅仅是讴歌与鼓舞，更是文学艺术家们强烈的社会责任和担当。这一系列情系灾区、彰显大爱的文学作品，以生动的文字，独特的视野，深刻的思想内涵给人以强力震撼，充分表现出青岛作家的历史使命感和敏锐的艺术良知，全面展示了青岛作家昂扬的创作激情和时代精神。

5·12 汶川特大地震是历史罕见的，举国上下所展现出的团结与爱心令世界震撼；大灾难所折射出亲情与力量，更是我们历经磨难生生不息的精神支柱。灾难摧毁了生命和家园，但却激发了空前的爱国情怀和民族认同。

在那些生死相夺的日日夜夜里，素昧平生的同胞们传递着人性的温暖，显现出意志的坚强……全国人民众志成城、抗震救灾的英雄事迹注定要载入史册。在悼念5·12汶川大地震一周年之际，我们将青岛百余位作家的作品分为诗歌卷、散文卷编辑出版，以弘扬中华民族众志成城抗震救灾的伟大精神，赞颂浴火重生的当代中国的民族价值与人性光芒。

《凝望汶川》汇编了青岛市百余名文学艺术家近200篇作品，著者有老诗人、老作家、活跃在当今文坛的新秀，以及军人、教师、新闻工作者、学生等等，是青岛市文学艺术界面对国难所发出的血泪之音，是青岛以文学艺术的形式表现出一座城市对逝者的缅怀与对生者的祈福。

文学与时代共存，艺术与历史同行。

《凝望汶川》是文学艺术家的大爱之歌！

书丛絮语

文艺百花园在"百花齐放"的同时，杂草也生长起来。究其原因，不外是因为十年禁锢政策造成的"蹲苗"现象所致，也不排除跟金钱至上、见利忘义的思路有关。两眼只盯着金钱的投机者，为迎合小市民阶层的低级趣味，以大哄大嗡的庸俗文学冒充通俗文学，以肉麻刺激混淆严肃文艺，只管销路，不顾后果，闹得乌烟瘴气，"洛阳纸贵"。这些书的封面和插图，不是特写的枪口、血淋淋的匕首，就是半裸人体的曲线；书名不是《异国女郎的诱惑》，就是《争夺初夜权的血案》。新的期刊"特辑"、"专辑"，有些仍是整顿前某些低劣小报的翻版，不厌其详地描写失身、失足的心理状态和犯罪过程，客观上起了诲淫诲盗的作用。在书市上花了钱，在灯下耗了神，看完后深深地失望和懊悔。

文学的终极表现与社会生活是密不可分的。题材对作家的呼唤构成了创作气氛和目的。社会价值和时代精神缺失的文学作品，终将失去它的市场魅力。

目前，在个体行为、商品意识取代了官化写作的倾向之后，出现这样那样的媚俗现象不足为怪。快节奏的生活与工作已不允许传统的读书秩序继续存在。各个领域都在重新分化组合，一方面是艺术不择手段地探索与进取，另一方面历史的夜莺喘息维艰。滚滚红尘之中，即使在各种媒体如此发达的今天，彼此几乎都听不到对方的声音，由于诸多的参照失误，"一舞剑器动四方"的动人场面只能在小范围里见到。这里是"烽火连三月"，那里却是"家书抵万金"。

创作自由也好，出版自由也好，都不能超出它的"弹性限度"。放纵损人者的自由，就是剥夺正常人的自由，就等于侵害了自由本身。鲁迅早在20世纪30年代就说过：作家要有"学者的用心，市侩的手段"。遗憾的是有"学者用心"的人，恰恰缺少"市侩的手段"，即如鲁迅本人也不能独免。对于"市侩的手段"，唯独真正的市侩，才得天独厚。

书刊，白纸黑字，不受时间和空间的限制，怎么可以不负责呢？孟子在诸子百家时代就感慨过："尽信书，则不如无书。"清朝的廖燕也曾主张读无字书，这无疑是对"文丐"、"文痞"的一种抗议。要铲除这种劣根性，任何形而上学的方法都是不妥的，这要有远见卓识的眼光，又需要循循善诱的长者气度。

当然，我们不可能每天都板着面孔。生活是流质的，是绚丽的。既提倡艰苦的拼搏精神，也作兴舞厅和美容店；有结实耐磨的工作服，也有袒胸露背的连衣裙；慷慨激昂的宣言和回肠荡气的软歌曲并行不悖；车间田头，汗光闪闪，花前月下，情侣双双。多角度的生活也需要不断更新和完善，即使爱情这样一个人类永恒的主题，也会因青年、成年、老年独具的心理特征而有不同的情趣和偏好。聪明的厨师懂得用各种作料调味，如果每一道菜里都用糖，那么"甜情蜜意"也会使人倒胃口。

书价暴涨，给经常和书打交道的人当头一棒。《北京青年报》就曾发出《明年，你将望书兴叹》的慨叹。眼下，书刊已经出现了滞销现象。据消息透露，北京某新华书店的库存比去年同期增长了1000多万元。涨价的目的，无疑是为了利润，可这种揠苗助长的做法，结果适得其反。随着价格体系的改革，对书刊进行适当地调价是必要的，但应控制在百分之三十的范围内。现在多数书价涨到百分之百，有的涨到百分之一百五十，难怪购书者望而却步了。

文化部原国家出版局曾规定有参考价值的古旧小说，经批准，可有选择地出版一部分，每个品种的印数不得超过10万套。而《七剑下天山》一版就印了120万套，《百花墨水》也分别由两个出版社印了75万套和90万套。有的还以刊号代书号，弄得既非书，也非刊。书刊大量重复，主管部门无从管起，加剧了纸张的浪费，造成了印刷业的泛滥。而工具书、学术专著却严重缺货，出版社因利润少不愿再版再印。

不管从责任感来说，还是从生意经来说，都是一个值得深思的问题。

侃 "廉内助"

近日浏览报刊，见各地为强化反腐效应，营造廉政文化，对领导干部实施党内监督、法律监督、舆论监督的同时，在家庭监督方面进行了许多有益的尝试：有的评选"廉内助"；有的请"贪夫人"现身说法；湖南浏阳市党政"一把手"上任伊始，首先带配偶参观湖南省女子监狱；四川开县纪委与领导干部家属签订"家庭助廉"责任书；广安市任命 10 位区委书记的妻子为不占国家编制的"纪检书记"……

将党风廉政建设寓于领导干部的家庭之中，筑起家庭反腐防线，这不失为一种好做法。

家庭，是社会的基本细胞，夫妻双方的行为具有相互影响和暗示的作用。反腐倡廉，家庭必然是一个重要的组成部分。夫妻间如果互相严格要求，就有助于形成良好的廉洁氛围，形成自我监督意识。反之，夫妻双方的消极言语和行为，如与富商攀比、纵容其特权思想的滋生等，就可以成为腐败动机产生的诱因。若对其敛财现象不加以制止，客观上就对腐败行为起到了推波助澜的作用。

干部廉洁与否，夫人至关重要。很多腐败分子之所以腐败，大多数是为了家庭，特别是由于家庭成员利益的一致性和感情的亲密性，使得一些别有用心的人不直接拉领导下水，而是采取迂回战术，走"夫人路线"以达到目的。领导干部能否经受住诱惑的考验，除了自身的廉洁自律具有关键性作用外，其配偶的确发挥着重要作用。如果有越来越多干部的配偶多吹吹廉洁的"枕边风"，多敲敲勤政的"枕边鼓"，真正起到监督和规范对方行为的作用，筑起坚固的家庭反腐防线，腐败行为就难以为继。那不仅是官员的大幸，更是人民的大幸。

随着改革开放和市场经济的发展，人们的思想观念发生了较大变化，领导干部面临着诸如金钱、权利、人情等许多考验。绝大多数领导干部都能够保持清醒头脑，筑牢廉洁自律的思想防线，但也有个别领导迷失了方向，管不住自己的手，管不好自己的家人，由起初的错失小节而酿成大恶，成为国家、社会的罪人。究其原因，一是放松了对自己的严格要求，特别是"八小时"以外的自我约束。二是家庭拒腐防线筑得不牢，家庭监督不到位，从"工作圈"延伸到"生活圈"、"社交圈"，增加了防腐难度。因此，把党风廉政建设教育寓于领导干部家庭，在配偶间建立相互监督和约束的机制，让夫人当好领导干部的"保廉医生"，很有必要。

当然，要真正让领导干部的家属对廉政建设负起相应的责任来，仅参观展览、签订责任书是不够的，还需要在加强多方面教育的基础上，建立必要的制度、法规，还需要对官员家属进行有针对性的警示教育，让官员家属明白贪污腐败对官员前程的严重危害性，明白贪污腐败对党规党纪的重大破坏性，自觉地当起家庭廉政监督员，主动地为官员远贪腐、远堕落筑起防火墙。

古语说，家有贤妻夫清廉。据《明史》载，朱元璋攻下北京后，不少人把元朝宫中的珠宝送给他，朱元璋不禁有些陶醉，马皇后则劝他说："元有此宝，为何又落你手？可见，财宝非真正之宝，贤才才是宝中之宝。但愿得贤才朝夕启沃，共保天下即大宝也。"马皇后辅佐夫君重操守、拒腐蚀，堪称古代"廉内助"的楷模！"廉内助"不仅自古有之，在我们今天的生活中更大有人在，人民的好公仆郑培民的妻子就是这样一位，她给自己立下严格的"三不"戒律，即"不帮人给郑培民带半点儿东西，不传一句口信，不接受任何礼品"。正因为关把得严，门守得好，郑培民与其妻始终站在反腐倡廉的前沿，成为群众称颂的好干部、好家庭。

与郑培民夫妇形成鲜明对照的是，安徽省阜阳市原市长肖作新及其妻子周继美，黑龙江省牡丹江市公安局原局长韩健及妻子卢晓萍……他们夫妇双方不是相互勉励，奉公守法，而是共同作案，双双堕落。类似的"鸳鸯犯"，近年来真是不少见。"人不能把金钱带进坟墓，但金钱能把人带进坟墓"。随着一个个贪官被揭露出来，我们屡屡看到这样的现象：多数贪官背后往往都有一个利欲熏心的贪内助。她们摆不正自己的位置，借助丈夫的权力影响，大肆受贿，大发横财，更有甚者，丈夫不敢要的礼金夫人敢要，丈夫不敢答应的事情夫人敢答应，最后不光把丈夫送进监狱甚至断头台，国家蒙受损失，家庭也支离破碎！如安徽省原副省长王怀忠，其夫人韩桂荣因受贿罪被判刑 13 年；原山东省供销社主任矫智仁受贿 160 多万，由他夫人钟福卿直接经手的就达43 万元。这令人何等愤慨、痛心！

当然，如果把贪官的腐败归咎于配偶，显然有失偏颇。贪官的腐败责任主要在其本身。但是，我们不能忽视配偶这个外因所起到的负面作用。因此，对领导干部来说，家庭成员特别是夫人的监督确实应成为党内监督、群众监督、舆论监督的一个有益补充。

雨窗伫思

汪国真说："如果我的生活是诗，我宁愿不写诗。"言外之意是说，他现在写诗，是因为生活不是诗。

恕我不敢苟同，生活其实就是诗。

如果生活不是诗，诗中不会有生活。正因为生活是诗，才有人写诗，才有人会写诗。

诚然，生活中有痛苦，有烦恼，有怨恨，有遗憾，但也有欢乐，这叫"色彩"。人生的奥秘全在这里了。

民间故事、神话，最能体现人民大众的好恶。民间故事、神话反映的一个基本问题就是：热爱生活。

——织女过腻了天庭的无聊岁月，冒着触犯天规的风险下凡，嫁给了牛郎，男耕女织；

——亚当、夏娃偷吃了智慧树上的果子，被大神宙斯贬往人间受苦。故事的创作者十分聪明，为了维护神的尊严没有让宙斯第二次做傻事：让亚当、夏娃重返伊甸园，让他们得返伊甸园，他们肯定不愿意。那时，宙斯的脸面往哪里搁？

——嫦娥吃够了乌鸦炸酱面（见鲁迅《奔月》），飞上了月亮，结果因广寒宫寂寞难耐，懊悔不迭。

伊甸园、广寒宫都是天堂。

天堂和坟墓有什么不同？幸福是什么？这是个永恒的论题，

论者莫衷一是。其所以永远新鲜，就因为它没有一个固定的定义。关于幸福的存在也见仁见智。它存在于未来，存在于现在，还是存在于过去？

就一般的观点来说，当然是在未来。

未来很辽远，使人死心塌地地奔波一生，直到青春耗尽。裴多菲把希望比做娼妓；臧克家说，人的追求只不过是个幻影，但谁要是把幻影当成幻影，他就落入痛苦的深渊。

所有过来人，在他事业有成或者是碌碌一生毫无建树之后，都有这样的感受——蓦然回首，发现幸福并不在未来，也不在现在，而是存在于过去那段难忘的时光中，尽管这个"过去"过得并不一定舒心。

做人做官

分辨人，最容易分辨的，是男人和女人，好人和坏人就不那么好分。好人和坏人是人为的分类，自然界没有给我们分过。

问：什么是好人？答：做好事的人。

问：什么是坏人？答：做坏事的人。

再问：好事坏事怎么判定？

回答就有点儿难。但也可以回答：能顾及到别人利益的事是好事；损害别人利益的事，是坏事。

人，多是自私的。自私算不得坏人。

如果自私不算坏人的话，我想应有一个定义，可以把好人坏人细分为：

利己不损人的人，是好人；

先公后私的人，是难得的好人；

毫不利己专门利人的人，或说大公无私的人，则很少见到，因为他活不长久。

损人利己的人，是坏人；

损人不利己的人，是最坏的人——如果他不是疯子。

"为人民服务"的口号，是现代人提出来的，用来衡量现代人的行为。"人民"这个概念很大，它是很多个具体的个体人构成的。离开具体的个人，人民就不存在了。它不是某些人侈谈为人民，而冷对具体个人的借口。"为人民服务"，大则是一个国家，甚或整个人类；小则是一个人或一群人。服务，就是为他们做事，做善事。

善事的"善"，不宜把规格定得过高。有作恶的条件，有作恶的本事，有作恶的机会，而不去作恶，就叫善。

有人说，你所以有道德，是因为你受的诱惑力不够。诱惑力够了，仍不作恶，这叫大善。

没有作恶的条件，没有作恶的本事，没有作恶的机会，因此没有作恶，也叫善。"从善如流"、"从善如登"，做了，就是好的。

旧时的读书人常常死读书，岂不知有些书上的话不一定都恰当。如"有心为善，虽善不赏；无心为恶，虽恶不罚"就有点儿问题。应该说"有心为善，既善即赏；无心为恶，凡恶必罚"。做了违背天理人情的事，即使是无意，该罚的还是得罚。比如过失杀人，不罚怎么行？监狱里的囚徒，失去了行为的自由，想做坏事也做不了了，做了好事，该减刑还得减的。

"当官不给民做主，不如回家卖红薯"，这话看似有道理，其实不然，尤其在我们国家的现在。我国是个民主国家，人民当家做主人，当官的做了"主"，把人民放到哪里去了？主次颠倒了。封建社会，当官的是黎民的"父母"，那时这么说通，现在这么说就不通了。

一个好官应是：清廉、民主、科学、法治。清廉，未必是好官；民主，未必是好官；科学，未必是好官；只有同时注重法治的才一定是好官。这里说的法治，有两种释义：一是依法治国，一是以法治国。依法治国，还有人治的成分，以法治国，才是真正的法治。在传统里，老百姓们都把当官的看成圣人，圣人说的话是"圣旨"，弊端很大。我们为什么不能把当官的看成"小人"，让他和老百姓一样被法律约束着呢？一个普通人作恶，能量是有限的，官作恶，影响就大了。对于官员来说，法治尤为重要。

不能光听宣言。一个人的实质，不在于他向你表白的那一面，而是在他不肯向你透露的那一面。说出来的话和没有说出来的话，你都听得见。这样，在他自诩慷慨的时候，知道他已经不怎么慷慨了；在他标榜谦虚的时候，谦虚早离他远去。

古人曾有"宁用过，不用功"的说法，话虽有些偏颇，也不无道理。就怕有功者衿功而不自律，雄心变成野心；把拥戴搞成拉帮结派；专用自己的优点指责别人的缺陷；忘记了荣誉是过去的，权利是谁给的，与百姓面对面却如天涯海角。不要把正常的赞扬弄成了前进道路上的陷阱。

把当官的抬上九霄云外，本身就不公平。这是有意让他闭目塞听。有形的政绩可以考核，尚且出现浮夸风。无形的道德无法考量，无法考量硬去考核，促使许多人弄虚作假。事与愿违，是可想而知的，为了提高道德品质，反而造成道德的沦丧。

老子曰"上德不德，是以有德；下德不失德，是以无德"，说的就是这种情况。

能使"君子有所恃而不恐，小人有所恐而不敢"的，舍法治其谁何？

谈曲艺文化

　　曲艺，是中华民族各种说唱艺术的统称，是我国传统艺术的瑰宝。她是由民间口头文学和歌唱艺术经过长期发展演变形成的一种独特的艺术形式，具有便捷活泼、内容丰富、形式多样等特点，深受人民群众的喜爱，植根于民间且源远流长。为中华文明薪火相传发挥了重要作用。

　　青岛市曲艺界同仁始终保持强烈的忧患意识和敏锐的艺术良知，面向基层、服务百姓，组织和带领广大曲艺工作者创作了许多百姓喜闻乐见的相声、快书、小品等，推出了一大批思想性、艺术性、观赏性极高的作品。有的节目在国家、省各级大赛中获奖；有的参加调演获高度评价，有的下基层演出深受群众欢迎……他们坚守精神家园，坚守曲艺阵地，用丰富多彩的曲艺形式，为时代放歌，为人民抒情，开创了青岛曲艺事业新局面。

　　近日，为彰显曲艺艺术在新时期文化领域的重要作用，普及曲艺知识，培育曲艺氛围，曲艺家协会编撰出版了《和谐曲》一书。这是市曲协自成立以来，第一次汇辑出版的作品集。该书集中展示了青岛市新老曲艺家们的创作成果，打开了读者认知青岛曲艺的文化视野，用文字的形式将欢乐和笑声带给读者。

　　《和谐曲》入选的作品既有在全国、省、市大赛中获奖的精品，也有刚刚撰写的新作。这些作品紧扣时代脉搏，深刻反映

"三个文明"建设丰硕成果，饱含着青岛市曲艺工作者对祖国、对人民、对改革开放 30 年发展变化的依依深情和由衷赞美，可谓艺术形式精湛，生活气息浓厚，时代特色鲜明。

作者中，既有 20 世纪五六十年代就从事曲艺创作的知名老作家，又有尚未走出校门的年轻人；既有专职创作人员，又有业余爱好者；既有自由撰稿人，还有专业演职员。一直以来，他们以强烈的社会责任感和历史使命感，深入生活，潜心创作，用熟悉的素材和擅长的形式弘扬民族精神，传播和谐理念，营造和谐氛围，源源不断地为社会主义文化事业的大发展大繁荣奉献着精品力作。正是因为有着这样一支创作队伍，才使得呈现在大家面前的作品汪洋恣肆，纵横捭阖，才使得青岛曲坛的演出长盛不衰。

一个时代的文化主题，总是与这个时代的特征紧相呼应，与这个时代的任务紧密相连。我们正面临着前所未有的发展机遇，繁荣社会主义文化事业，是每一位艺术家义不容辞的责任。我们一定要"高举旗帜，围绕大局，服务人民，改革创新"，积极投身改革开放第一线，从人民群众美好生活的壮丽画卷中汲取营养，精心创作出以促进科学发展、构建和谐社会、展示改革成果、反映群众心声为主题的曲艺作品，推进青岛由文化大市向文化强市的新跨越。

相信，有我们众多优秀曲艺工作者的辛勤耕耘、执着奉献，一定能够创作出更多思想精深、艺术精湛、制作精良的撼世力作，一定能够创造出青岛市曲艺艺术百花竞艳、姹紫嫣红的美好明天。

贺王蒙先生

今日海大，群贤毕至，文星云集……

王蒙先生自传三部作品研讨会在中国海洋大学隆重举行。这是中国学术界长期以来"王蒙研究"的一次继往开来的盛事，也是青岛文学艺术界的一件喜事。

王蒙先生是当代中国创作力非常旺盛、影响力很大的作家、学者，是享誉国内外的文学巨擘。在半个多世纪的文学创作实践和理论研究中，以其深刻的思想、独特的文学作品，以及对中华民族和人类命运的终极关怀为世人所瞩目。

王蒙先生的作品，艺术构思别出机杼，波澜壮阔，闳中肆外；语言描述行云流水，纵横捭阖，一派天然；塑造的艺术形象栩栩如生，充满了浓郁的时代气息，读来总是给人强烈的震撼。特别是王蒙先生用一生积淀书写的自传第一部《半生多事》和第二部《大块文章》出版后，引起了大众长久的关注。而本书用朴实机敏的语言，真切透彻地讲述自己深厚的生活阅历、深邃的生存智慧、深刻的生命感悟……对现实人生、对不同年龄阶层的读者都具有极强的指导性。

读者们一直在期待着第三部的出版，期待着王蒙先生在回忆中带给我们更深层的人生睿智和思考。

今天，王蒙先生自传的第三部《九命七羊》终于面世——并在海洋大学就其创作成就和艺术风格进行认真研讨，这对我们深入研究文艺创作规律，开拓新时期的文艺繁荣和增进社会全面进步，具有积极的现实意义。

王蒙先生自传第三部的出版、研讨，一定会促动、鞭策作家、学者及文学工作者们积极投身改革开放和现代化建设的实践，把握时代脉搏，讴歌民族精神，用丰富多彩的艺术形式，创造更多的精品力作，为和谐社会的建设营造良好的文化氛围，推动社会主义文学艺术繁荣发展……

盛世盛事，可歌可贺！

喜欢一个人的理由

王　勤

　　其实，喜欢一个人是不需要理由的。在别人眼里或许没有你喜欢他的任何可能性，但是你就是喜欢，说不上为什么。是一种心有灵犀，一种相互的景仰和倾慕，一种不需要时间空间的等待，一种不需要语言的相知相通，正如爱情中的一见钟情。难道两情相悦还不是喜欢的理由吗？

　　那天好像是一个周二的中午，我正在朋友家聊天，忽然接到一个电话，是一个陌生女性的口音，说我是青岛文联的张璋啊，通知你参加作家协会养马岛笔会，周五下午1点在天虹大厦门口集合。我一听很高兴但想起周五好像安排了采访，就犹豫了一下，电话那边说最好能参加啊房间都安排好了。语速很快，很干脆利索的口气。青岛市作家协会举办笔会一年也就是一次吧，许多文友平时各忙各的，难得一见，有时可能会在同一期杂志或者报纸副刊的同一个版上谋面，但那只是名字和名字的相遇，文字和文字的相知，算不上见面。也就是在这样的时候才能真正见上一面，聊聊彼此的生活和创作等等。所以谁都不想放弃这个难得的机会。我一边答应着，一边心想，文联的张老师？哪个张老师呢，不认识啊。但如约养马岛之后，才真正认识了这个叫张璋的人。

在养马岛，作为作家协会秘书长的张璋忙前忙后，安排所有人的乘车、食宿，笔会的各项活动，活动的各种细节，包括时间、场地、会标、合影等等，事无巨细，亲力亲为。在这样的事情上，女性的优越性就显现出来了，张璋更是让人感觉细到不能再细。

　　可是从外表看上去，张璋决不像那种细致的女人，你甚至会觉得她更像一个男人。粗犷的性格，豪放的气质，憨厚的笑容，外表朴实得让你觉得她仿佛是一个邻家大姐。但是，笔会时的自我介绍，却让不了解她的人对她刮目相看并肃然起敬了。张璋是20世纪70年代末的下乡知青，从那时起就开始文学创作，作品很多，在当时的文学界小有名气，很是活跃，后来当了领导，任胶州市委宣传部副部长、文联主席，一直干到《胶州日报》总编辑。因为想调回父母身边更因为对文学的那份痴爱，张璋放弃了她多年的领导职务，申请到青岛文联工作。那天开会轮到她发言，她脖子上正挂着长焦距相机拍会议的资料照片呢，穿一件灰色毛衣和一条牛仔裤的她，端着相机说我现在是回归文学，需要补课。我知道这话不过是她的谦虚之词。其实搞文学创作，她比我们在座的许多人都早得多。

　　让我没想到的是，养马岛笔会之后，有一天张璋打电话给我说读了你准备送省文联的书《行走的风景》，写得很好，因为要往上报，所以我抓紧时间一口气读完了，以前读过你写的《青春如诉》，里面的许多文章我现在都还有印象呢。我听了很吃惊，接着是很感动。真的，不是夸张，是真的很感动。因为第一，说实在的，这些年来，自己一直不停地写，写，也长长短短地发表了一些，然后有机会就结集成一本小书，书印出来后除了送几本到书店里去摆一摆，满足一下自己的虚荣心，就是送朋友，并没指望凭借着出书扬名或者挣钱，自己也有这个自知之明，知道这些小文章不过是情感的真实记录，生活的一点儿感悟，这种书永远成不了畅销书，写书和出书只是为了自己，只为了证明自己曾经活着，曾经以这样而不是那样的方式活着，仅此而已。至于说把书送给朋友，不过是一种礼节，朋友接受了赠书并夸奖几句，也是一种礼节。我也知道，忙忙碌碌的人生里，浩如烟海的新书中，光是那些畅销书就足够让人眼花缭乱，何况还有热播的电视连续剧要看，谁有工夫细读你的书呢。其实，从心里讲，我也从没指望哪个朋友能把我写的书从头到尾读一遍，人家能把书粗粗地翻一下就很不错了。正如朋友送我的书也是一样。前不久我送去文联的书，是为申请山东省作协会员所用，我不知道张璋会迫不及待地读完，读完了还迫不及待地给我打电话，这足以让我意外并感动于她的率真。所以我想无论如何我要送给她一本。第二，能提及我的第一本书《青春如诉》的人，现在已经不多了，一是因为时间久了，二是因为那是我的某种程度上带有自传性质的散文集，记录了我太多童年生活的酸涩和苦楚，那本书出版于1998年，我自己手头也没剩下几本了，所以张璋说读过，肯定是多年前的事情。许多年过去，她不仅记得书名而且还记得里面的一些文章，这又怎么能让我不感动呢？

于是，一个冬日的午后，我走进青岛市文联那个熟悉的院落，那座熟悉的小楼，在张璋的办公桌前与她对面而坐，我是特意前来送书的。两个人一见如故，仿佛多年的故交，聊了许多。其实从养马岛笔会算起，我们认识才不过一月有余。仿佛鬼使神差，我向她讲起曾经给我留下刻骨伤痛的那座小城，讲起我的童年，讲起那些我从不对人讲的伤心往事。张璋告诉我，她刚调到文联没多久，放下原先手中繁忙的工作，一下子感到是那么轻松，有大块的时间读书了，觉得兴奋不已，很满足，很幸福。老公还在胶州市工作，儿子在外地读大学，她一个人在青岛。她在单位附近找了一间小房子，下午下了班回去也是一个人，就索性吃了晚饭在办公室待着看书，一直看到很晚才回去睡觉。一个人的世界，生活虽然简单，却很充实。她希望能写点东西，但又觉得应该抓紧时间多读一些书。赶上你们，张璋说，别让你们落下太远。她说这话时一脸真诚，仿佛一个刚刚出道的文学青年。我这里有各地的文学杂志，交流的，里面有一些好文章，也有写得一般的，我都看一看。张璋说这话时脸上掠过一丝腼腆，神情天真有如少女，让我怦然心动。这样一个女人，我想，这样一个经过了十几年官场打磨的女人，一个经历了浑浊和黯淡的女人，一个看惯了秋月和春风的女人，在文学被边缘被商品被庸俗被娱乐化了之后，她的文学的童心竟依然未泯。童心者，真心也。在她眼里，文学依然是神圣和纯洁的，是值得追求的，一如 20 年前。这难道就是文学的魔力吗？

真的，文学让人正直，让人善良，让人纯粹，让人天真，让人简单，也让人可爱。作为一个同样的文学爱好者，我喜欢这样的女性。

泪水与泪水相遇

徐 飞

有幸得见张璋的散文系列。感觉重重地被一些饱满湿润的东西感染。我相信在我摸到作者那些热情奔放、可贵可爱的灵魂脉络的瞬间，自身里一些堵塞已久的管道正慢慢地舒展畅通。我感激再次被一双温暖的手握到，我欣喜自己再次被我们人群原本固有的美好事物（而我们日益习惯了对它们的疏远和遗忘）湿透。

我相信泪水和泪水相遇了。

作者写着他们的时候，她的心灵和手指必然是圆润饱满、激情洋溢的。我们读着那些真挚的文字，无法淡漠，无法无动于衷。

她的热情是显见的。她的胸中定有一团火燃烧炽热。否则她如何禁得住寒风冷雪的抽打？怎会有驰马佩剑关山飞渡的豪情？又怎能痛彻肺腑地感知生命的壮美？所以她不羁，魂牵西部望断天涯路，热烈憧憬策马纵横莽莽草原，"纵使昆仑千丈雪，我亦敢把昆仑截"，而酒旗斜风则有别样的惬意。她沉迷而梦回，终因是梦中情境而引憾。

她魂牵梦绕地"想竹"，最终亦挺立成一棵本固、性直、坚韧的竹。

·143·

她何曾没有孤独过，挣扎过？而将来何尝不会有更深重的孤独和苦斗？曾经"一个平常画面，一句随意的歌词却能利刃般直抵深处，心被切割得支离破碎，痛苦不堪"，却能因着一段空冥幽秘的音乐而平静，彻悟从而超脱。辽远天际的静谧将她心灵狭隘的角落冲洗得澄澈、空明。从此，她坚信她的征途将骊歌荡漾，她的心园将散发馨香。

　　我感动着她曾经风雨犹不失赤子之心。她时时浑然流露底蕴里的天真。在我们周围能够固守天真的人已经不多见了，所以我觉得可贵复可爱。她仿佛变成了小孩子，在满坡深深浅浅各色花儿热闹的绽放里兴奋地旋舞呼唤，伸手去迎接飘扬的白柳絮、紫杨环。"自秋露蚀尽最后一片叶子"她就开始痴痴地守望春天。透过窗玻璃探视白杨"干枯的枝柯渐渐泛青"，"酱褐的桠腋慢慢鼓胀"，等待多么漫长呀！她心切得几乎耐不住了。当她看到细小的草"探头探脑地钻出了地面，在风中抖着"，兴奋得欢呼起来，那种热情的迸发是一股不可阻挡的洪流，将我们浸透甚至淹没。"春天，草长鸟飞莺歌燕语诗情画意的春天！春天，生机迸发活力突奔激情溢腾的春天！"以至到了夜晚灯下提笔不禁"泪光盈盈"。她率真，毫不讳言对冬天的恶感："不喜欢冬天"，并重复强调。因为除了下雪的日子，冬季的街巷和里面的人都是灰蒙蒙的，并且低温阻挡了她对"鹅黄柳绿裙装"的热情，"心有老大不甘"。

　　她痴情于落雪。每每雪梦，在她勇敢与风雪搏击的壮美情怀后面，必有着雪的剔透与婉转。"一个抒情的轻梦，一阕缥缈的天籁"向她的耳目无声涌来，涌来……她的纯洁不再单薄脆弱。羽化过的深重，升华了的苦痛，强壮充实了她的心空。她已走过那段暗淡幽涩的心路，从而更加珍惜生活和生命，珍惜一切美好的事物。

　　她怀着感激迎接小生命的来临；她珍藏友情，梦里菊花飞；她感叹恩师的英年早逝，深切怀念，长歌当哭……

　　所以她常常充盈、饱满，她的泪水是那样丰沛在她听到生命之源强有力的足音和丈夫久久对视的时候；在怀着伤感回忆涵子，梦回梨沟，童谣萦耳的时候；在仰望苍穹，满天寒星，而恩师已去徒留生者悲肠寸断的时候……

　　我无法不感动。无法不泪意潜涌。暖潮包围了我。泪水和泪水相遇。"泪水，是另外一种东西。这些高贵的客人手执素洁的鲜花，早早就候在这里。等着与音乐，诗和世道人心中美好之物见面。"（鲍尔吉·原野）

　　泪水使我们依然饱满，使我们的精神家园温暖而富有。

情到深处

姫一昂

读你的作品令我如此动情这是第一篇，尽管你已有洋洋500万言，均无缘饕餮渴酣。只是去年在《大众日报》上看了一篇写北梁桃花的文章，不知什么原因，当时仅匆匆读过，只觉得花如海，人如潮，宏阔、壮美，尚未来得及细品，但却有了第一印象。听人说你有须眉气概，大家风度，为文亦如此，《伫望葵林》可为印证。

能有一种爱的美的寄托，是人的莫大幸福。向日葵的美学意义和它的哲理前人多有咏叹，至于向日葵的寓意则各有各的情怀，这才是它千人写，万人画，千写万画无绝期的所在。《伫望葵林》，从凡高传世杰作再现的艺术之美，到农夫的锄犁，作者爱葵之情愫便深藏其中。当初曾为大师之笔惊叹，视葵为圣洁和不可渎犯之圣物，现在站在千亩葵田前又被农夫造就的葵田倾倒，视为"'场'的玄力，教人想咆哮，想啜泣，想藉地而眠"。从大师到农夫，从艺术殿堂的画布色魂到大地上广袤无垠的自然葵林，可爱的葵，葵的可爱，从作者心中流淌出的葵的一些美学溪流和凝重的哲学思索，已是淋漓尽致，淹没一切了。但作者仍觉爱葵之不尽，于是在葵之情结中又萌出了如诉如泣的《回家》乐声中的思绪万千，往事如迷的悱恻，更有对众生相以葵为饰的

"愤怒之至"和小餐馆中的雷霆万钧，直到轮回再生，以葵为体，以葵为魂的最高境界的追求。啊，从爱的倾倒到爱的癫狂，从升华到"失态"，真是令人蹴足拍案，无以复加。人能如此执着于爱的追求，美的寄托，该是何等的人生定位呵！

向日葵的美学价值也许就在人们将它人化为各种富有深奥哲理的具体形象里，作者深知这一点，所以才没有将其具象化。又深谙葵之于大众的密切，知道它到底只是极为普通，生在人们周围，长在园边、田野，人们抬头可见，举手可触，确实不是什么珍花异草，更无牡丹的华贵庄重、菊的潇洒孤傲、梅的芬芳坚强……只不过以其形象伟岸和经济实惠而使人们离不开它——太大众化了。然而，也许正是这种"大众化"才赢得人们钟爱它，崇尚它，于是便流行起来，并有这么多人以它为饰物而美于斯，自然，社会上就形成了一种风情。至于那些粗陋不堪之人，将其戴在头上，或别在胸前，或缀于耳边，不正是向日葵的诱惑和魅力吗？你"愤怒之至"自然是一种"自私"，当然也只有这种"自私"才显出你视葵为圣洁和至爱——爱到极处是嫉妒。

然而，试想，若有一个乡野农妇或三五成群的村姑牧女能以葵为饰，"戴在头上，别了胸前或缀于耳边"；或劳作于旷野、或牧于山涧、或峥嵘、或平板、或黄沙野丘、或绿荫河洲，该是怎样一道靓丽的葵的风景线啊！

《伫望葵林》是对葵的诗的赞美和爱的狂放，是描写人对生活中美好事物的追求，并努力把这种对美的追求升华为一种生活的崇高境界。作者向往葵林，为葵所陶醉、染冶、净化，又以其健康的审美情趣，崇高的精神境界，升华的生活定位感染人、教育人、默化人，显示出作者强劲的笔力和深厚的艺术功底。

生活教人爱如火如荼的葵林，葵林教人高尚，给人至爱与追求，粗放中显着大气，泼辣中透着灵气。

与生命对话

务虚笔记

"花适时而开，草适时而长，人适时而生。"世界万物，异彩纷呈，各自以不同的生命状态，在大自然的怀抱里，生生不息。

什么时候，人开始疏离自然，疏离自然中的千象万物，心情逐渐变得粗糙。这种心境，仰头凝视浩瀚星空，驻足观望花红叶绿，真乃一种奢望啊！

然而，有谁，又肯甘心舍弃这最初的生命渴望呢？

散文《伫望葵林》的作者，终于把这种蓄积已久的情结，喷发出来。这是内心深处奔涌的泉水，它叮咚作响，跳跃激扬着，猛然触动读者早已隔膜的情感。

对生于自然长于自然的向日葵，作者怀有与生俱来的钟情，儿时尤其感到神秘的，是它"生出花盘迎朝送暮与日共舞的生命状态"。那感动自己震慑自己的东西，到底在哪里？未经理清判断，不自觉地神奇偏爱，就这样沉淀下来，成为她最初的生命探寻。无意识的新奇，牵着她的心灵，去亲近自然，去丰润饱满自己的性情，用敏锐的审美视野，捕捉生命的一次次感动。

时光荏苒，那颗来自童真的朦胧情怀，渐渐清晰。绘画艺术给予的撞击，猝然迸溅出火花，迅速燎燃潜伏的激情，平和的心境，陡然淹没在生命的狂野里。向日葵在她眼中，不再仅仅是一种植物，它被赋予了人类的情感。作者肃立在静物面前，用心倾听"葵语"，感应另一种生命的诉说。至此，向日葵的种子在她心里日日苗壮，日日生长。作者在流年的追忆中，穿越时空、人事和一些场景，一步一步，似乎都在追问生命的诠释。直到有一天，真的见到葵林，"怎么可以漫山遍野地生成林子啊"的葵林，多年来的情结被解开，撞击自己震撼自己的东西，被握在手中，她一下找到了依靠和源泉。那一刻，好像站在心灵憩息地，"想啜泣，想藉地而眠"，历经维艰，暂别喧闹，踏上精神家园的归途。个人的生命状态，瞬间而去，"这景观在苍茫的塞上显得那么肃穆，深沉，野意孤寒。置身其中，所有的人文背景都隐退了，远逝了，只剩下敬畏、朗然……"这是生命对生命的感赞和敬重，她刹那与自然融为一体，那一刻，物我和谐，宁静抱朴，生命与生命深层间的品格贯通，合而为一……

可是，这种宁静这种依附感，又可能时过境迁，稍纵即逝。《回家》的萨克斯曲，才这样令作者和读者们，有了要哭的冲动。

某种精神上的仰慕与契合，就这样，储存在作者内心深处，已然成为一种向往，一种生命哲学。

向日葵作为一种物象，热烈、执着、坚韧的品格，糅进作者的精神需求中。无以名状的恋葵情思，被她梳理到自己的血脉里，同生命一起厮守，一起高歌，一起走向归途。作者以灵动传神的语言，粗犷处凸现细致的结构框架，层层递进的情感撞击，圆满完成了一次心路历程。品读《伫望葵林》，体味作者对生命质量的关怀，感受到另一种精神漫游的享乐。轻叩蒙尘的心灵，唯愿久久浸润在别样的轻风细雨中。

诗意的行者

心灵憩园

一

　　2005 年五一节前夕，因为送我们文学社顾问的聘书，我见到了时任胶州市新闻中心主任的张璋。

　　那天她正在对将要出版的《五一特刊》进行最后的审阅，一支签字笔在她的手里成了杀伐决断的指挥刀，圈、点、勾、划……整个人显得淡定、从容而自信。

　　也是在那一期特刊上，我读到了她的短文《回望青春高地》，7 个章节像 7 个音符，弹奏出她生命历程的抑扬顿挫：下乡、招工、当报人、进高校，为人妻、做人母……

　　随短文还配发了一张她的小照：身处高野，迎风而立，神情悠远，肩后的长发在风里飘舞着灵动和不羁。

　　总觉得生活道路崎岖的人更能彰显生命的昂扬，也更有拒人千里之外的凛然。那个时候我心目中的张璋是清高的、严肃的，而且认定她定会用别人仰望的高度筑起自己高处不胜寒的孤独。

二

　　张璋不孤独。

当我读到她的《一路上有你》的时候，得出了这样的结论。

"10年前的冬天还像冬天……虽清冷严冽，却也充斥着温暖。这温暖，来自朋友，来自诗歌，来自酒……"在那个硬线条的冬季里，从张璋醇厚灵动的文字里，我认识了用虔诚坚守文学阵地、坚守精神家园的方金、李进、韩宗宝、张锐强们……

他们在冬天相聚，他们用文字下酒，他们的话题总离不开文学——他们共同的情人。"朋友，我的矿藏，我的财富！……一路上有你，布衣暖，菜根香，诗书滋味长……"

那酒的醇香和诗的涟漪催生出我心中期盼的芽儿，什么时候也能和张璋一起煮酒话诗文？

三

两年后的夏日，终于有机会和张璋围桌而坐。

在那个叫桃源的酒店里，4个爱好文字的女人，一张方桌，一壶香茗，话题忽远忽近，漫无边际，不知怎么就扯到了彼此的相识。

李进说，多年前，还是一个小姑娘的她，听朋友说有一个叫张璋的文友调到了胶州电视台。有天她正在看一个专题片，片子里诗意的解说词吸引了她，毫无缘由，她断定这就是张璋写的。当最后字幕上真的出现撰稿人张璋的名字时，她禁不住击掌，并鼓足勇气给电视台打了一个电话，找张璋。

那天，张璋的热情和鼓励就像阳光和水分，让她与文学结了缘。

金凤则说了自己的一个梦，她因为太向往接近张璋，日思夜想，伊人竟入梦中来，和她一同散步乡间小道上……梦醒竟快乐得再也无眠。

而我，一直处在懵懂中，我不相信眼前这个亲切温婉的大姐

就是两年前那个威严的"指挥官",对一个人的远观和近赏竟会
有如此的天壤之别。

接下来的时间,张璋讲了知青插队时候的一段往事。她说的
是那个火热年代两个 17 岁女孩子的相识相知。

第一次见张璋用这么温情的语调说话,说到动情处我看到她
装作漫不经心地擦了一下镜片儿……

那个秋日,两个同为知青组长的少女背弃了自己的集体,没
去参加生产队的劳动,而是背了一包饼干,沿着河岸走啊走
啊……

她们走在秋日的大沽河畔,她们走在挣脱生命羁绊的自由
里,也走在我的感动和敬仰里……

四

"渴望上路,渴望远行,渴望心灵的放逐。"也许从 17 岁那
场行走开始,她就一直行进在路上。追求生命的诗意和对穿越地
平线的渴望,让她把生命这场奔走经营得精彩而奢华。

在她"心就跌进了生命最灰晦、黯然的渊薮"的时候,她选
择了远行,让青山绿水荡涤自己心底的灰色。

当现实和梦境出现撕裂,她选择的还是行走,下乡镇,跑基
层……

她的很多文章都写到了在路上的身不由己和对远行的渴望,
像《人在旅途》、《江山有待》、《万里心航》、《想去西部》等等,
即使"不能像旧时的宦海墨客一样挂印而去笑傲江湖",她心里
远行的藤蔓也没有停止过疯长,因为她知道"行进中的自己是一
个延伸的自己",可以清晰地观望世界,思考人生,让生命的荒
芜注入大自然蓬勃的活力。

不想被钢筋水泥禁锢,不想被刻板机械压抑,渴望远行,渴

望去看寒星冷月，去听梧桐细雨，去种豆南山，去采菊东篱，去摇舟清溪……

读《万里心航》，更能为她的行走找到注释。

万里心航，骊歌荡漾，红尘的喧嚣，心性的浮躁，都被这唯美的文字濯洗得一尘不染。只有那淡蓝色的闲逸、青铜色的忧郁和铅锭色的伤感伴着悠远空灵的《阿姐鼓》且歌且行……

而我也更相信，若在盛唐，她"定会是一个流着胡人血液的浪子，恃才狂放，潇洒不羁，把酒相邀，浪击天涯……"

"胸中浩然气，笔下快哉风"，在那个菊花、古剑和酒香的年代，她会以文字为坐骑，跃马扬鞭，高歌狂饮，仗剑而行，笑傲烟霞，吟风弄月……

五

我几乎是一口气读完《山河岁月》的，从中又读出了一个执着、善感，既有女人风情又有侠士风度的张璋。她的文章从容优雅、高阔深入、文字老到、韵味悠长。

文似看山不喜平，读张璋的文章，如行走在一条风光旖旎的山路上，不经意间就有一些瑰丽的风景突兀而出，让人叹为观止。

《仁望葵林》，我仿佛也被那一蓬燃烧着的金黄慑住了，听见了那片葵林脉搏的跳动，魂魄的和鸣，那种"拼却了生命去绽放！去燃烧"的呐喊直撞心扉，我被这生命最初的向往和感动融化，似乎自己也要"融入葵林，让魂灵化作她的一片叶、一瓣花，甚至一脉经络，迎日而生，逐日而舞、而歌、而狂、而哭……"了。

植篱依依，种植春色。从郭伯身上我们可以看到那个热爱土地、眷恋青枝绿叶的张璋，平凡的人，简单的事，却让读者震撼之余产生深深的共鸣。这源于她对生活的热爱，热爱生活才能细致地观察生活、耐心地品味生活，进一步表现生活。把"人人胸中有",用"个个笔下无"的方式展现给我们,真实、自然、生动、诚挚。

随着科技的发展,文明的进步,很多东西都迷失在历史的印痕里,但总有一些东西淘尽岁月的风沙,在生命的暗夜里散发着光芒。比如书信。《云中谁寄锦书来》就让我读出了那束穿越岁月的文字的美丽和人性的光辉。在这个浮躁的时代里,有人还坚持一份心灵的操守,固守一份顽强的美丽,文字之幸,书信之幸。

六

读张璋的文章,更深的感受是她对生活的热爱、感恩,还有对凡人小事发现、开掘和深层次的思考。她饱蘸激情,讴歌友谊;她仰望苍穹,悼念师长;她满怀柔情,等待一场期盼已久的雪;她在一腔怅惘里,想念本固、性直、挺拔、坚韧的竹……我想,这正是她人性中最美最真的东西显露出的光芒,只有用生命写就的作品,才能够震撼别的生命。

岁月的脚步和生命的诗意完成了张璋人格的塑造,而醇厚豪爽、刚直挺拔的人格又完成了她对文字的雕琢。怀着对田园生活的眷恋、对亲朋好友的挚爱、对流逝时光的怀念,一篇篇朴实却又带有理性光彩的文章让我们读到了一个有血有肉的张璋,一个有情有义的张璋。

在这个喧嚣的尘世中,能够拥有自己的一方净土、一片晴空,是很幸运的事。走过了风风雨雨,经过了轰轰烈烈,还能够紧紧抓住梦的手,没有使自己的那片天空蒙尘,这需要怎样睿智而自由的心灵。

热爱行走,使张璋女性的柔美里多了几分洒脱;追求诗意,又使她纷纭的生活里添了一抹色彩。在感受生命的涌动和追求诗意的生活中,她就这样一直朝前走着,走着……

倾听《阿姐鼓》

子　涯

就这样，伴着阿姐鼓的乐声，读到了散文《万里心航》。

我从未去过西部，因由歌声的引领，在久远的时空里，一点朦胧的光亮在摇曳，映照我意念里的诸般印象，带着我在幻觉里又一度走向朝圣的雪域高原。

在西藏，在圣湖畔，望着苍茫的雪山，翱翔着的秃鹰，此时，耳边传来唵嘛呢叭咪吽的佛语，紧随着的是不绝于耳的《阿姐鼓》的乐曲。

……

这样幻想的一种文字组成，似一幅画，寂静而有力。文章从头到尾都是这样。读它是一种休养生息，我很长一段时间没有读到这么震撼人心的散文了。

我们在寻访生活的真谛时，往往要披荆斩棘才不致被作家们刻意营造的陷阱羁绊，《万里心航》，是恳切的，因此就有了一目了然的触动，它有血有肉。这是一种亲切，是一种修养，而不是巧合。

我说它是真情，还在于它犹如飘雪的黑夜，烛光把我们引领到我们原本就梦想的圣地——西藏。在散文《万里心航》中，被鼓声音节波击下日趋淡逝的古老神话魅力魂兮归来。读着《万里心航》，就像《阿姐鼓》的音乐当初邂逅作者一样悠悠地涤荡去我们心中疲倦的积年尘垢，我流浪得很远很远……

就在此时，我们读到了《万里心航》。

"那光的漂浮，空气的流动，那种云在肩头的感受，潮水一般，汹涌而来，没足、没膝、没顶……"我们知道，作者连带我们一起进入了境界。

让我们激动的不仅仅是一颗心的净化，升华，更令人激动的是心灵的碰撞与息息相通："自那一刻始，来自于生命之源生命之缘生命之不圆满与追求人生完美的冲突，变得苍白，轻浅……"

在当下的商品社会中，这种恬静而又纯真的感情真是无法企及的奢望啊！

等　雪

　　每每冬至，每每雪花梦……

　　当浓浓的秋蕴款步离去，我便开始了漫长的等待——

　　不知伊什么时候来，无语的泪流了一行又一行；疲惫的心累了一程又一程。过尽千帆皆不是，梦中风景……

　　渴望中，深藏一份企盼的柔情。

　　等雪。等冻云如铅，风雪弥漫的那一刻——

　　自知青生活的第一个严冬始，多少年了，每逢风吼雪飘，总按捺不住莫名的浮躁，踱出居室，奔向荒郊，听凭冷雪抽打，寒风裹挟，感知生命之壮美……

　　置身茫茫天地间，总想象自己驰马佩剑，关山飞渡，闯入了鼓角铮鸣的远古，厮战疆场，与雪共舞……

　　待风歇，雪止，一颗桀骜不驯的心便闲适，怡然。此后所有的日子都五月玫瑰般温馨地开放，纵有坎坷袭来，亦安之若素。直到来年西风起。

　　等雪，等清晨早起，开门读雪的惊喜——

　　浑然无知地在梦乡里寻寻觅觅……一夜醒来，新雪不期而至！庭院、草木、石阶，一片皆白，平日的污浊、嘈杂、喧嚣全部遁迹。那份感动，那份惊喜，令人跌入怎样的沉醉啊！

　　清风盈袖，白雪入怀。就那么斜倚门扉，让心在洁白的世界里静静地沐浴，熏染。只觉，一个抒情的轻梦，一阕缥缈的天籁，在眼前，在耳边。沁人的恬淡、朗澈，从寂寂的雪地上无声地涌来，涌来……

教人参悟，达观。世间凡俗尘念皆隐没、遥远，未及羽化，似已陶然成仙……

等雪。等青灯黄卷，雪夜拥炉的迷失——

一灯荧荧，一人蒙蒙。雪夜围炉，捧卷吟读，那是怎样的心境啊！

白居易诗云：

> 绿蚁新醅酒，
>
> 红泥小火炉。
>
> 晚来天欲雪，
>
> 能饮一杯无？

酒于我，太烈。那么，一盏香茗，盘膝而坐，或阅，或诵，或忆，或思。读古今贤圣那厚重犀利的思辨，叹中外先哲那旷达不羁的才情……

世上一宵，书中千年。但觉天人合一，物我两忘，茶味书味，味味一味……

室内，氤氲袅袅；窗外，雪落簌簌。看烛光如斯古典，任思绪如许缱绻。无语低回，真愿沉湎此间，常驻不醒啊！

远处有悠悠歌声传来：知道我在等待你吗？

一如干裂的土地对天空的顾盼，心的荒原长满季节的白发。谁，期待如夕阳，在西天守望一朵凝固的晚云？

你永远的恋人啊！

我的灵魂为你流放；我的文字为你庄重。

等你，千百年我心依旧。等你，千百年痴情依然……

千江有水千江月

因常有文字散见报刊，便常有朋友怜悯我："为人妻、为人母，公务又那么忙，够烦了！还时有文章出手，累不累?"

"累啊！"我叹道。

可我情愿吃这累。真的。

每每晚饭后，拾掇完家务，服侍孩子睡下，泡上一杯浓茶，便开始了一天中最闲适、怡然的消受：或读书，或看报，更多的时候则是兴之所至，随笔行文……

生性拘泥、讷言。读书与写作，给了我生命力量以极大的张扬。

最喜书读到半夜，万籁俱寂，茗香馥郁。心神驰骋字里行间，思绪奔突方寸之中，恍惚若入幻界，更觉睿智如溪，潺潺，汩汩，顺笔尖流出……有时翌晨瞅着方格纸上那些充斥着梦呓般的字句，自己都讶诧：这是我写下的吗？

回望来路，人生之舟载我驶入报界这片沸腾的港湾已 20 个年头了。

从校对员做起，记者、主任编辑、总编辑……一页页日历上，留下了求索的维艰、汗渍，也收获了信念和希冀。

当编辑，凝激情于笔端，殚精竭虑，悉心为之，替他人裁制最漂亮的嫁衣；

做记者，唯求自己奉献给读者的文字隽永、清新、感人，因而苦修不止……

20 年勤恳笔耕，500 余万字沥血凝成。

也有朋友看着我那些乱塞于书橱、壁柜的奖件、证书什么的，感慨曰："记者做到这份上，可以啦！"

我正经道："不可以的。"

我之为文，吾笔写吾思。有感而发，从心所欲，不复应景，不图获奖。只为着对社会、对生活的一份责任。

委实——

坐拥书城，透过珠帘遥看满天星斗，俯首思忖心路历程，我感喟，写下《意绪天涯》；

午夜梦回，簇拥一枫因落泪而潮湿的人生主题，我叹然，肃然，记录《傲岸苍生》……

有些篇什，是不拿出去发表的，但那恰是我的至真，至爱，终生做绝版珍藏。

也有些文章，或紧扣时代主题，或切中世风时弊，引起一些反响，读者来信纷沓。褒与贬，于我，都一样。

落花无言，人淡如菊，如此而已。

今天，是新中国第四个记者节。

记者，生活的观察者，思索者，记录者……是职业，亦是理想，更是我无悔的选择和执着的追求。这是用激情描绘生活，以真诚呼唤美好的燃情职业；更是用心血撰写繁荣，以生命见证历史的神圣职责。

您看到我们时，我们在新闻纸上，

您看不到我们的时候，我们在路上——

我相信，此时此刻，全国的记者同仁们肯定都在采访一线上奔波着，忙碌着，思考着，书写着……因为，我们没有理由，更没有时间过一个休闲的节日……

5 年前，3 名记者在南斯拉夫的战火中以身殉职，他们的鲜血和生命化作了异域他乡的鲜花和白云。

2000 年 11 月 8 日，新中国的第一个记者节来临了。然而，他们没有等到这一天。死者已矣，让我们深情掬一捧清清的泉水洒向祖国的山川大地，告慰英灵。

在全世界，几乎每一天都有人在他们所热爱的岗位上流血或者牺牲。记者，就是这样一个不知疲倦、不计功名、不惧险恶、不怕牺牲的职业。

有人说，记者是"无冕之王"，社会为什么给记者这个职业戴上金灿灿的桂冠呢？什么是记者的"帝王"享受？

——新春佳节，不能与亲人团圆。

——月夜良宵，不能够和枕安眠……

一直很欣赏《南方周末》新闻同行们的一句话：无论什么时候，不管发生了什么事情，第一时间用犀利的目光、尖锐的笔锋、快捷的行动，将最真切的现实呈现给自己的读者！

是的，记者只是一行，却深入 360 行，采访 360 行，反映 360 行，尽尝 360 行人生的酸甜苦辣；以颤抖的笔端解读生活，用激情的文字启迪未来……

"吃一碗粥，喝一杯茶，细腻而尽心地进入粥与茶的滋味，说起来不难，其实不易。"台湾作家林清玄的这句话，常让我感叹又感动。

的确，作为一个痴迷于文字的女人，报人，朝花夕拾，直面社会，苦累始随，挫败寻常事。然而，苦难亦好，痛楚也罢，于我而言，都是一笔财富。我都仔细记录，认真品味，尽心焉尔矣。

"把笑当作一场绽放/把哭当成一种歌唱/把一帆竖在心里/把

一桨舞在手上"——努力让每个日子都过得充实、亮丽，努力让每个日子都生长出新的花朵和树……

前人有诗云：千江有水千江月。

正是因了有着这样一份月光般的心境，所以，在我的生命历练中，永远是：万里无云万里天。

人生有梦

恋爱时节，男友问我："等以后有了自己的小巢，你最大的向往是什么？"我想都没想，脱口道："外面飘着细雨，人斜依床榻拥被，一盘水果，几本诗集，足矣！"男友做夸张状，将眉毛扬得老高："嗬，这也叫作向往？"

委实，这是我向往了多少年的梦境呀！

男友拍拍我头，豪壮地："小姑娘，保你梦想成真。"

雪飞雪融……

同男友注册签约，如歌儿唱的："走过春天，走过冬季……"已相携走过了七载。眼下，我们的儿子都能用稚嫩的童音背诵"床前明月光"了，本主妇却是幽梦难圆，没过上一天那样的日子。

尽管，雨时常会下。

水果四季都有。

诗刊报章见天散落于枕边，桌旁……

又是雪飞季节。冬日围炉，七扯八扯，扯起了这个话题。做丈夫的镜片后一双眼睛眨动着无限愧疚："委屈了，太太。"

委屈吗？我自问，不啊！

——小姑独处时，如诗，如歌，对未来生活的憧憬，自然充满了浪漫情怀。

嫁为人妇，则过的是"小说"的日子，朴实，平白。闲情逸致，早已烟消云散……

逢到雨天，我得去上班。踩一路泥泞，撑一伞风雨。然而，我不想诗，也不感到委屈，心念的是分内工作。不奢求有什么建树，但自知应勤勉，要敬业。

同时，也明白了，要养一个终日赋闲、吟诗弄璋的太太亦不是我夫这等"精神贵族"所能供起。

当然，也不是没逢上落雨天又正是假日的时候，但我仍然不会坐拥被子读诗。我要给孩子洗涮，得去菜市场采买，有水果会拎起去看望公婆，顺便帮婆婆拾掇一下家务……如斯，我还是不委屈，所体味的是为人妻、为人母对家庭乃至社会的一种责任。因而，其乐融融。

听我如是说，丈夫释然，笑叹："本是凡人，难能脱俗啊！"

落俗了吗？我大叫："不！"

心底里久埋的依然若似前世的那份向往啊！甚或，生长出了更盛的渴望青藤——

比如，想有一间富丽的居室，到晚间，关掉所有灯盏，燃一支长烛，书卷做枕，陷入蝴蝶的梦境……

比如，想有一架舒适的吊床，在秋日，悠荡于湖边林丛中，几支渔竿垂水，一册《神曲》在握……

……

这些心之所仪，丈夫，这位昔日的男友，再也不敢如昔日般拍着我头说保你筑梦成真了。

当然，我也自知这些梦境有点儿奢望，在家庭的初级阶段不可能成真，但我仍然不感到沮丧、委屈。

——随着岁月的推移，生活，给了我博大精深的爱心，一箪食，一壶浆，一鼎一镬，足以使我安然，怡然。

这就是生活，由千千万万个看似淡泊的日子组成的生活，寻常百姓的日月。

这不俗。

青灯黄卷，绿窗白纸永远是我的追求。但寻常生活，我一样快乐，一样可以做梦。梦星，梦月，梦诗之霓裳……

比如今晚，洗漱完毕，丈夫和儿子睡下了。夜灯下，我照旧捧读泰戈尔。

这位诗哲说："天空没有翅膀的痕迹，而鸟儿已然飞过。"

我感动得泪湿。

守望春天

不喜欢冬天。

寒冷的夜晚，围着炉火，听风在户外醉汉般跌跌撞撞，无聊又无奈。常忍不住想，面前燃烧的是一盆山茶抑或杜鹃该有多好！风，吹在三月，柔和，撩人。蓝天上，不时掠过串串鸽哨……

不喜欢冬天。

凛冽的清晨，往身上一件件加衣服，臃肿得企鹅般。眼瞅着鹅黄柳绿的裙装，心有老大不甘。走在灰蒙蒙的街巷看一如街巷般灰蒙蒙的行人，任凭怎么念杏花春雨江南，亦荡不起意境的桨……

期盼春风——

办公楼外面，长着一排排挺拔的毛白杨。自秋露蚀尽最后一片叶子，就开始透过落地窗探视它们，看那干枯的枝柯渐渐泛青，看那酱褐的桠腋慢慢鼓胀……每年，每年，那似雪的杨花，着实是在我深情的凝望中，一穗穗、一簇簇生出来，荡起来的啊！

尤迷醉春夜，那简直是诗与灵的季节！

疏朗的星空下，拖了老祖母的摇椅置院里，将自己放进去，月光独为我享，微风只为我拂，听虫鸣唧唧，看银河灿灿，一任思绪飞扬，飞扬……

读书时，曾一直向往未来的工作能在乡间，不奢望"屋前鹧鸪啼，村头梨花白"，出门但见绿野便好。

愿未遂。成家时，便将"巢"筑在了市郊。

晚饭后，常常挈夫将雏漫步阡陌间。踏着夕阳的余晖，闻着青蔬的芬芳，一路行吟而来，那份清新，那份怡然，真是欲语还休……

就在昨日，牵了儿子的手踱出家门没多远，忽地发现一女孩，披一围红巾，在地里一跳一跳地挖着什么。绕过去一看，浓绿的叶瓣，藕色茎儿，呦，是荠菜！躬下身来细看四周，许多叫不上名的小草，也都探头探脑地钻出了地面，在风中抖着。虽小，且细，却绿得慑人……

哦，今年的春消息，来得这么早！

那么，用不多久，满坡里深深浅浅赤橙黄蓝的各色花儿就热热闹闹地开了？

那么，用不多久，城巷中白的柳絮，紫的杨环，粉的蝶儿就轻轻扬扬地飘了？

春天，草长莺飞莺歌燕语的春天！

春天，生机迸发活力奔突的季节！

是夜，伏案写下此番感触，灯下的人儿早已是泪光盈盈……

窗外，有风走过，我的那排白杨树发出了唰啦啦的响声。

哦，春风，我生命的季候风！殷殷，切切，痴痴地守望中，如约而至。

有哪一个季节，能比得上你如此烂漫？如许迤逦？

童年的后花园

小时候在乡下，最大的乐趣便是跟着小伙伴去她们家菜园子里玩。

那时候的农村，每家每户都有一个或大或小的菜园子。家家的菜园四周都栽种着一圈植物做围墙，进出口用几块木板钉个简易门，别上根木棍，便安全了。那些围墙樊篱，枝丫丛生，绿叶叠嶂，浑身长满了尖利的针刺，大人们称是"棘针"，而我们小孩儿则叫它"臭弃"，因为它的果实闻上去有一股很臭的味道，又没啥用。它大概也有学名，但没人知道，也没人去考究。

最喜欢去的是房东小彩儿家的菜园子。她们家人口多，园子大，料理得又好，不仅蔬菜的品种多，还有许多果树，时常地会得到些新鲜水果吃。

小彩儿家菜园子的棘针丛，长得特别茂密。初春的时候会开出一片片洁白的花，那些花一簇簇聚在浓绿的叶子上，很像课本上写的"卷起千堆雪"。雪化时，便会结出些毛茸茸的绿球挂满枝头。随着绿球渐渐长大，菜园子也慢慢地热闹起来了。园南面紧靠篱边长着几棵果树，有软枣、杏儿、苹果、山楂，还有一棵马缨花，门口生长着两棵树冠很大的凌霄。仰头观望：细碎的叶子密密地搭成了一座凉棚，凉棚上面开满了橙红色的花朵，浓郁的花香从棚顶上细密地洒下来，洒满整个园子，洒满了我们的全身。浓密的树荫下有一口老井，井口常年压着一架绿漆斑驳的手摇水车，井台的石板上长满了青苔，清凉的井水随着大人们机械的动作慢慢地溢上来，漫过我们沾满泥巴的脚丫欢快地向园子中央的菜地奔去……那些白菜、茄子、扁豆、黄瓜们在井水的滋润下叶肥果硕。随着季节的变换，轮流扮演着主角。园子西面的篱边上生长着十几棵向日葵，她们忠诚地守望着太阳，日出相向，日落而默。

菜园子的北面坐落着一间老屋，老屋的门永远都是紧闭着的。听小彩儿讲，老屋里存放着她太奶奶的棺木，等太奶奶百年后好用。一个午后，趁大人们睡熟了，我们悄悄地溜进园子，扒在窗棂上看了一下，里面横七竖八放着些不知名的农具，依稀可辨有一黑漆漆的长方体卧在那里，阴森森的。立刻，那些冬夜里窝在邻居家被垛儿里听老人们讲的那些灵异鬼怪故事，一齐涌向脑海，吓得纷纷作鸟兽散……许是心理作用，自看了那棺木后好长时间里，总觉有块烂木板子在身后飘着，脖子后面冷飕飕的……

老土屋的后面生长着几棵樱珠树，果实是白色透明的，个头大，味道美。但从来都没敢偷摘过，那是大人们交流感情用的。每到樱珠熟了的时候，小彩儿的母亲都会端一只用方手巾盖住的粗瓷碗，很郑重地送到我祖母手中："大娘，您尝尝鲜。"虽然每次都还是被我们小孩子尝了去。

有一次，我们玩"捉迷藏"，藏到了南屋金爷爷的菜园里。金爷爷家只有他和奶奶两个人，园子小，栽种的又单调，我们3个女孩子，分头巡视了一圈，也没发现感兴趣的"猎物"，便百无聊赖地猫在白菜地里等小伙伴们来找，忽然，红霞小声说："白菜心儿也能吃的。"是吗？尝尝！那一次，我们躲在正生长的白菜棵间，品尝了一顿绿色食品，嗯，辣丝丝，脆生生的，很难忘。

没事可做的时候，我们会去采摘些各色花瓣，盘腿坐在畦埂上，根据自己的喜好，调配成不同的花样，放进挖好的土坑中，上面压一块擦得晶亮的玻璃片，盖上土，恢复原貌，各自散了。玩累了的时候，回来凭感觉找到自己的作品，拂去泥土，欣赏着晶莹的玻璃下那一方方斑斓的色块，真是赏心悦目，疲惫顿消。

秋天，家家园子四周的棘针丛上便会结满像橘子一样黄澄澄的"臭弃"。先摘下一个尝尝，哇，又苦又涩！其实每年我们都会尝，而每年的味道都一样，但还是要尝。然后，便摘下来互相掷来掷去地玩，或扔在地上当球踢……终于有一天因了一个男孩子的智慧，我们找到了一种改造"臭弃"的办法。男孩子说他能让"臭弃"变甜，于是，我们便跟着他满坡里去找一种紫色的野果，那种野果像豌豆大，内蓄浆液，爬细长的蔓儿。摘来后，我们学着他的样子把那些果实用小木棍一个个捣进"臭弃"肚里，搅拌一下，待一会儿，吸着吃，味道果然酸酸甜甜的，但也有点儿怪异，万幸，我们都还活着……

冬天最乏味了。不敢跟男孩子那样用白菜根当手榴弹打打杀杀的，又不会用箩筐做工具，里面放上诱饵去逮鸟儿。菜园子是早没有吸引力了，尤其是小彩儿家的菜园子，到处都灰头土脸。冷冰冰的井台，干巴巴的树枝，衬托的那间老屋愈加阴森恐怖。但棘针丛外面的阳光却是暖暖的，亮亮的。阳光下有块空地便成了我们快乐的港湾，跳皮筋、踢毽子、砍木茧儿……无论怎么疯，身后那丛密密实实的"棘针"都像屏风一样，为我们阻挡着凛冽的寒风。

童年的我们，就这样一天天，一年年长大了。

想去西部

郑钧一首《回到拉萨》，唱得我心旌摇荡。

再听过朱哲琴的《阿姐鼓》，整个人就变得痴痴迷迷丧失了现实感，成天价一门心思去西部，去西部，想去那神秘辽远的西部高原游历一遭儿……

少时读书，读到"胡天八月即飞雪"，很是心惊：八月即飞雪？那该是何等的壮美？！随着全球性转暖，眼下，内陆冬季都很少觅到雪踪了，不知八月的西部是不是还雪絮纷扬，狂飞漫卷？

想象不出冰川雪峰在太阳的照耀下反射出怎样炫目的光华，想象不出被称为雪域的高原是什么景观……

我欲乘风飞去！雪覆处，将双臂深深插入那浸肤蚀骨的酷寒，长卧不起；乘风飞去，匍匐那连绵无垠的纯洁里，久醉不眠……

当年下乡插队，我是多么羡慕那些西出阳关的兵团知青啊！扶耧摇犁之际，常常遥想他们白云丽日下打着马儿过草原的悠然；遥想他们"天苍苍，野茫茫，风吹草低见牛羊"的劳作场面，哪里是接受再教育，分明诗意、古典得很嘛！

随着西部影视片频现银屏，常常看到藏胞们千里迢迢一步一揖，三步两叩，躅行在朝拜途上的镜头，膝额磨破，喋血前进；鞋底洞穿，拖着赤脚……

是什么信念支撑着他们这般虔诚？

是什么力量鼓舞着他们如此弥坚？

好想加入那朝圣的队伍，安顿自己一颗不肯沉沦的心，感受那份深笃和不羁，哪怕跋涉千里万里呢，纵使寒霜染上鬓角啊！

不知为何，我是如此强烈地渴望流浪，渴望远行，是居住的城市太喧嚣？生存的空间太仄迫？不得知。总觉自己像一只雀儿，营巢檐梁前，寄居蓬蒿间。甚憾。

在周围"追车一族"的朋友圈子里，很是有人为驾上"奔驰"、"宝马"自喜。而我，更企盼拥有一匹真正的马，一匹红鬃烈马！

试想，横刀立马，长鞭啸秋风，叱咤纵横于莽莽草原，远天与大地一色，长发与劲鬃齐飞！纵使昆仑千丈雪，我亦敢把昆仑截！这是何等壮怀激烈的气概！会是怎样恣肆汪洋的人生啊！

即使是潇潇雨歇，停骑伫凉月，轻烟缩梦，看酒旗斜风，亦是别样惬意啊！

如此食雀儿样，栖不过一枝，飞不足半里，啾啾唧唧于庭院，实是不甘！

没体验过"大漠孤烟直"，"乡关何处是"的情愫；

没领略过"左牵黄，右擎苍……千骑卷平冈"的浩烈；

没吻过雪莲花的馨沁；

没闻过马头琴的吟唱……

想去西部！

去西部——

宿帐篷，咽糌粑，豪饮青稞酒。

驯猎犬，缚长缨，高吼野情谣。

赤胆似铁。

激情如血！

更重要的，让唐古拉山的雄浑，江河源头的澄澈，西海固顶的霞飘云逸、敕勒川风的肆虐凌厉净化魂灵，升华操行。

西部，太多的憧憬，向往；太多的诱惑，梦境。

西部，我的精神家园，我的生命守望啊！

望断天涯路……

想　竹

我居住的北方少见竹。

从小到大，读过许多有关竹子的文字，对竹，有着一种近乎宗教般的迷恋。

每每坐到案牍前，总是想入非非：窗外，摇曳着一园竹子该有多好！

那样，若逢雨日，我便会戴上斗笠，挽着雨丝，悠然漫步于竹林。闻笋拔节噼啪有声，听雨如琴击竹而歌；绿竹如幽径，青笋拂行衣。一切绝尘远去，雨满衣襟，诗满衣襟……

若是在月夜，便拖一把摇椅静坐园中，独揽漫天星海，闲看竹影婆娑，一任思绪飞扬……乘风而不欲归去的是千年浓稠的乡情。

最是拂晓醒眼令人迷失。沉沉一梦，东方既白，推窗望去，如虹朝霞斜映竹林，晶莹剔透的露珠在叶片间滚动着、跳跃着。徐徐风过，萧瑟竹声若耳语，似幽吟……那慑人的绿，那炫目的光，那妙曼的竹风，将室内的人儿惊怔在那里，定格在那里，如梦如幻、如酒如饴，一时不知身在何处……

6月份，随经济报社组织的采风团到葛洲坝采访。行前，朋友们相聚，酒至半酣，这个说："此番可好好领略一下三峡风光了！"那个道："去丰都鬼城做逍遥游哇！""登岳阳楼，先天下之乐而乐……"

整个晚上，大家海阔天空，饱唱醉聊。我则一直把盏未语。哦，友人有所不知，赴江南，我唯一的企盼就是扑进茫茫竹海，融入我的竹林间啊！亲吻那些神交已久稔熟又稔熟而未曾谋面的竹：楠竹、淡竹、方竹、燕竹、菲白竹、龟甲竹、观音竹……更有，让毛泽东欣然命笔的斑竹，令楚霸王掬下千滴泪的湘妃竹……

遗憾得很，10多天的采访，一直随大队人马集体行动，未能如愿。

船行江上，望眼欲穿，辨不清两岸郁郁葱葱的植被哪是绿树，哪是翠竹。欲飞远山亲黛色，终不能。更平添了无尽的恋栈。

自己也不明白是怎样一种情结，如同前世的乡愁一般，就这样死心塌地向往着生于南国的竹，就这样毫无缘由地痴迷着山水重重的竹！

是它那未出土时先有节，到凌云处仍虚心的风骨折服了我吗？是它那本固、性直、挺拔、坚韧的品行倾倒了我吗？还是"岁寒三友"凌霜抗雪的贞烈影响了我？"竹林七贤"笑傲烟霞的旷达感染了我？

不得知。

总觉，无论是顶石破土的幼篁，还是直刺云天的苍竿，都不是随便生长给人观看的，其葳蕤蓊郁，其高风亮节，是一种精神，一种意象，一份生命的参照！

东坡先生曾曰：宁可食无肉，不可居无竹。诚然，"无肉使人瘦，无竹令人俗"，而更重要的是，做人当如竹啊，心空，节贞。

宋人有诗云：伴我书千卷，可人竹一园。

斯是陋室，藏书千卷怕已不止。于竹，却终是一场苦恋：现代人，多居楼厦，到哪里去拓垦它的栖地？

真正是灵魂在高飞，不知所系；情感在漂泊，无一所钟啊！

无奈，我给自己起笔名：竹梦。

唯愿碧海青天夜夜心，千枝万竿入梦来……

这些天，走在路上，常听有流行歌儿飘过：我早已为你种下，九百九十九朵玫瑰……

曾经沧海，早已走出玫瑰色的季节。我点示夫君：不敢奢侈会守望满园的茂林修竹，期盼有人哪怕能为我种植一丛呢，足矣！说者有意，听者无心，那位正盯牢电视荧屏，足球赛看得昏天黑地，哪里还点得醒转……徒唤奈何！

魂牵梦绕千百度，想竹。

在路上

当年，揣着大红"派司"步出婚姻登记处时，我断然向"准丈夫"宣称："我可不要小孩子啊！"那位本是性情中人，忙不迭地道："不要不要。"

正是放飞青春的季节，日子翻新着花样展现在面前。我们甚至顾不得停下来小憩一下，只管一路走过去。读书，工作，旅行……

似水流年。

眨眼间，碰响了庆贺"木婚"的酒杯。其时，我已是而立之年，夫君，也三十有五了。

玩够了，疯够了，两颗年轻的心渐渐有所收拢。渐渐地，觉出这独立单元似乎空寂了些。拿眼瞅丈夫，丈夫埋头书本的目光，时而被挂历上的娃娃牵了去……

我们研讨，该要一"第三者"了。

"要儿子。"丈夫单方立约。

于是，便做好了迎接儿子的一切准备……

两个人融满爱意地恭候他，他却是姗姗不肯来。

期期盼盼中，有段时间，似觉身体有些不适，想，莫不是小天使光顾了？忙说与丈夫听，夫大喜，慌着就有些陶醉。

正值此，单位里组织去沿海地区考察。丈夫很是担忧："能行吗，你?"几经踌躇，我咬牙收拾行装。

在沿海城市，每到一处，主人尽拿海产招待。我素不喜鱼肉，此番因了"儿子"使然，餐餐大吃大嚼。那"生猛海鲜"，大家都吃不来，我则逐一敲壳吸髓，全然不顾其血水淋漓……

两周后，风尘仆仆返回。一到家，丈夫抢上前捉住我的肩膀急问："怎样? 累吧? 吐吧?"咦，不呀! 我也奇怪，车颠船载的，竟不吐也不晕。

丈夫好生诧异，绕着我转了两圈："你，原本谎报孕情吧?"

哇呀! 我屈叫!

到医院一查，果然，西线无战事。

夜里，丈夫叹道："怕是我们盼子心切……"

没隔多久，接一去内蒙古开笔会的通知，我皱眉：刚刚享受了几天家的温馨，又要外出?

而丈夫，却全然没有了上次的缠绵，车子驶到车站，挥挥手，将我放行了。

同样，没有了"喜"，我也没有了顾忌。闲暇，在草原上策马、骑骆驼、乘勒勒车狂奔；坐蒙古包里大碗喝奶茶、烈酒，扯着嗓子跟牧民学吼野情谣……疯得尽情尽兴。

月余，会毕。躺在车上，身体方松弛下来，同时，也觉出疲惫。到北京换车时，在宾馆里迷糊了整3天。同行的省作协一老大姐疑惑地探问："是不是……"我一翻身跃下床，笑道："切，哪那么容易!"我知道她指什么，一想到这，仍忍俊不禁……

回到单位，依旧倦，依旧迷瞪……

怎么，始料不及，真是?

后来，发展到偏食，吐。

这下，不用看医生，我明白，是小家伙来了。

丈夫装着很老到的样子，将耳朵贴在我腹部谛听——

咚，咚，咚！仿佛真的听到了生命之源那强有力的足音。

我和丈夫对视着，对视着，眼睛里涌出了泪水。一种圣洁的使命感，无边地漫过了心际……